문학과지성 시인선 **508**

우리에게 잠시
신이었던

유희경 시집

문학과지성사

문학과지성사에서 펴낸 유희경의 시집

오늘 아침 단어 (2011)

문학과지성 시인선 508

우리에게 잠시 신이었던

초판 1쇄 발행 2018년 4월 6일
초판 9쇄 발행 2024년 9월 30일

지 은 이 유희경
펴 낸 이 이광호
편   집 박선우 최지인 조은혜
펴 낸 곳 ㈜문학과지성사
등록번호 제1993-000098호
주   소 04034 서울 마포구 잔다리로7길 18(서교동 377-20)
전   화 02)338-7224
팩   스 02)323-4180(편집) 02)338-7221(영업)
전자우편 moonji@moonji.com
홈페이지 www.moonji.com

ⓒ 유희경, 2018. Printed in Seoul, Korea

ISBN 978-89-320-3092-0 03810

이 도서의 국립중앙도서관 출판예정도서목록(CIP)은 서지정보유통지원시스템 홈페이지
(http://seoji.nl.go.kr)와 국가자료공동목록시스템(http://www.nl.go.kr/kolisnet)에서
이용하실 수 있습니다. (CIP제어번호: CIP2018009773)

문학과지성 시인선 508
우리에게 잠시 신이었던

유희경

시인의 말

나타나지도 않았고
사라지지도 않는
우리들의 옛 마음에게

2018년 3월
유희경

우리에게 잠시 신이었던

차례

시인의 말

I

우리에게 잠시 신이었던   9

좋은 것 커다란 것 잊고 있던 어떤 것   10

봄밤, 참담   12

脫喪   14

합정동   15

지난날의 우주와 사다리와   16

사월   18

빈집   19

사월   20

조금 더 따뜻한 쪽으로   21

옷을 갈아입는 시간   22

사랑   24

얼룩   26

잠든 사이   27

새장   28

섬   29

조항   30

질문   32

어깨가 넓은 사람   34

무사   37

농담   38

가벼운 돌   40

II

우리에게 잠시 신이었던   45

폭우   46

主人   47

한낮   48

지옥   49

작은 일들   50

시를 읽는 시간   53

단어   54

음악을 가둔 방   55

MILK   56

안과 밖   59

여름 팔월   60

늦고 흔한 오후   62

장마   64

놀라운 지시   65

너의 사물   66

나의 처음에   68

어떤 날들이 찾아왔나요   69

붉고 흐리고 빠른   70

가벼운 풍경   72

Ⅲ

우리에게 잠시, 신이었던 것들   77

겹겹, 겹겹의   82

작가   84

긴 밤   85

아무 일도   86

남아 있다   88

축복   90

상자   91

볕이 많은 골목   92

한겨울   94

그늘   95

잊어버린 이야기   96

직선의 소리   98

社員   100

새처럼 용수철처럼 일요일처럼   102

생활   103

벌목   104

공포   106

마음   107

內裏   108

到着   109

소식   110

아침   111

봄   112

해설

잠시 당신이 있던 풍경이 말해주는 것 · 김나영   113

I

우리에게 잠시 신이었던

　어떤 인칭이 나타날 때 그 순간을 어둠이라고 말할 수
있다면 그 어둠을 모래에 비유할 수 있다면 어떤 인칭은
눈빛부터 얼굴 손 무릎의 순서로 작은 것이 무너져 내리
는 소리를 내며 드러나 내 앞에 서는 것인데 나는 순서
따위 신경 쓰지 않고 사실은 제멋대로 손 발 무릎과 같이
헐벗은 것들을 먼저 보고 생각하게 되는 것이다 인칭이
성별과 이름을 갖게 될 때에 나는 또 어둠이 어떻게 얼마
나 밀려났는지를 계산해보며 그들이 내는 소리를 그 인
칭의 무게로 생각한다 당신이 드러나고 있다 나는 당신
을 듣는다 얼마나 가까이 다가왔는지

좋은 것 커다란 것 잊고 있던 어떤 것

이렇게 추울 때 고양이는
고양이를 키우고 있는 골목은
그 골목의 어둠은 좋은 것
좋고 위험한 것 위험하고
아슬한 것 헤드라이트를 켜고
지나간 자동차의 뒷모습처럼
커다란 것 그 속에 숨어 있는
어떤 것 이렇게 추울 때는
옆을 더듬게 되는 것 그리고
아무것도 없으므로 당신은
아무것도 아니라고 말하는 것
좋은 것 어쩔 수 없이 그런 것
고양이가 운다 추워서 그런가 봐
말해보는 것 고양이만을 위한
따뜻한 물그릇을 놓는 것 물그릇 속
물이 얼어붙는 것 따뜻했던 얼음이
발에 채었을 때 주르륵 미끄러져
길 한복판에 놓이는 이상한 것
이상하고 깨질 것만 같은 것

깨질 것만 같은 소리에 놀란

아무것도 아닌 당신을 달래려고

다시 옆을 더듬게 되는 것

아무것도 아닌 것을 더듬었다고

쓸쓸하게 웃어보는 그런 것 그것은

커다란 것 헤드라이트를 켜고

지나가는 자동차와는 비교도 되지 않게

춥고 커다란 것 내가 오랫동안

잊고 있었던 것 잊고 말하지 못한 것

실은 고양이가 아니어도 좋은 것

골목이 자동차의 뒷모습이

물그릇과 당신이 아니어도 좋은 것

그것은 역시 좋은 것 좋아서

커다란 것 다시 잊고 말 어떤 것

봄밤, 참담

그는 여기에 없습니다
가게 안으로 들어가는 것을 보았습니다
그는 악수하러 간다고 말했습니다
여기에 없는 그는 어쩌면,
없어야 할지도 모릅니다

닳아가는 무게는 들릴까요
나는 오한을 음악이라고 생각했습니다
의자를 끌어당기는 기분이 손끝에 있고
문자가 언어로 휘어지는 지금은
누군가 적고 버린 其間입니다

안부 속으로 끌려갔어요 그는
잘못이 없는 사람과
용서해야 하는 사람 사이로
꺼낸 의미와 집어넣은 과거가
서로를 당겨 참담한 거리를 만들고
그늘은 차이를 설명하지 않습니다

기억을 고르고 셈을 치르듯
더 큰 것의 주인을 재는 동안
소리 없는 일화가 만개해
목숨을 슬프게 합니다
나는 그가 필요하지 않습니다
나는 그가 없어졌습니다
그래도 추억이라니
좀 해볼 만하지 않은지
얇은 옷 속에서 떨고 있는

누가 생애를 깨고 있는 것입니까
어두운 악수는 끝나지 않고,
그는 영영 돌아오지 않을 테니
좀더 어두워지는 이 거리로,
누구든 돌진하는 이 세계로
남아 있는 나에게로,

脫喪

　아이가 돌을 던진다 잔디 위를 굴러 비석에 부딪혔을
때 어떤 소리가 난다 그 소리는 가족 중 몇몇을 뒤돌아보
게 만든다 아무도 아이를 말리지 않는다

　아이는 재차 돌을 던진다 잔디 위를 굴러 비석에 닿는
돌은 또 다른 소리를 만든다 여전히 아이를 말리는 사람
은 없다

　옆에서, 상복에 묻은 잔디를 떼어내던 여자가 한숨을
쉰다 한숨에도 어떤 소리가 있다 아무도 돌아보지 않는
다 아무도 말리지 않는다

　죽어버린 사람은 이 자리에 없다 그는 이제 이 자리에
없다 이 자리에 없는 그도 어떤 소리를 가지고 있을 것이
다 아무도 듣지 못했고 어쩌다 나는 뒤를 돌아보았다

　겨울 볕은 아래로 아래로 굴러 내려가고 오늘은 뜨끈
한 데가 있다 운다 울음에는 아무런 소리도 없다 나는 그
렇게 생각했다

합정동

　나무 위로 고양이가 올라가고 내려오지 못하는 사이 목련이 피었다 저기 나무가 있었나 없었나 그래도 목련이 피었다 辛夷와 北向花 사이로 보이는 목련이 피었다 목련을 좋아하고 싫어하고 목련이 피었다 지겹다 아프다 힘들다 목련이 피었다 먼지가 많고 밤에는 비가 내릴 예정입니다 목련이 피었다 잘 지냈지 잘 지내요 미안해 고마워요 목련이 피었다 도망치고 싶어서 목련이 피었다 목련이 피었다 소파가 있는 이 층 창밖으로 보이는 그 목련이다 저기 목련이 피었네 저리 한번 가보자 하고 가서 주저주저하다 두고 이제 그만 돌아가자 그 목련이다 몇 걸음 걸어 벌써 기억이 되고 보이지 않는 그 목련이다 아득해지는 그 목련이다 이 봄 내내 그 목련이다 할 때 그 목련이다 그 목련이 피었다 나무 위로 올라간 고양이가 마침내 뛰어내리고 그렇게 목련이 피었다 나무가 있었는지 없었는지 별로 궁금해하지 않을 때에도 목련이 피었다 辛夷가 北向花를 피우고 목련이 피었다 온갖 하소연에도 목련이 피었다 아무렇지 않아서 아무렇지도 않다는 듯 가지 위에서

지난날의 우주와 사다리와

책을 꽂다 보면
떨어진 소리를 듣게도 된다
돌아보면
떨어진 것은 없고
나는 사다리 위에 있고
지난날은 아득해지고
그것은 밤도 낮도 아니고
아무것도 모르겠어 이제
중얼거리게 된다
사다리 위에서
책을 꽂다 보면
바닥은 얇아지고
푹― 꺼져버릴 것만 같고
떨어진 것만 같은 것들의
떨어진 소리가 들리지만
떨어진 것은 없다
떨어지지 않은 그것은
그것은 읽은 것도 아니고
읽게 될 것도 아니며

우주도 아니고 그런데도

우주일 것만 같고

사다리 위에서

나는 멀어진 것만 같다

아무것도 모르겠어 이제

이렇게 중얼거리며

나는 다시 책을 꽂는 것이다

책을 꽂다가 꽂을 것이 남지 않으면

아무거라도 하나

떨어뜨려보고 싶은 마음이

사다리보다 높은 곳에서

아슬아슬하게

떨어지지는 않고

떨어진 소리를 내며

나와 멀어지는 것이다

지난날처럼 지난날 우주처럼

아무렇지도 않게

아무것도 모르겠어 이제

와 닮은 소리를 내면서

사월

── 대화

계단참의 남자와 여자는 싸우고 있는 것이 아니다 여
자는 울고 있고 남자는 神父인지도 모른다 계단에는 간
밤의 비가 반짝이고 있다 잠시, 손차양을 하지 않고서는
볼 수 없게 환하다

종탑의 그림자가 무너지기 직전, 정오의 종이 울린다
아무 일 없이

남자가 계단을 걸어 올라가고 여자는 남자의 뒷모습
을 보고 있다 여자가 보는 것은 그저 눈부심인지도 모르
지 걸음을 멈추고 나는, 짝 없는 다짐을 생각해보기도 했
었다

18

빈집

우는 사람과 입을 맞추는 기분이야 그는 창문을 닫았
다 만월이었는데 보지 못했다는 듯 봄은, 색을 물고 얼굴
째 떨어지고 있었다

나는 대답했다 꿈은 말하지도 명령하지도 않아 불안처
럼 남는 것만큼만 믿을 뿐이지 우리의 운은 바닥나버렸
고 각자 옷을 챙겨 들었다 아직은 춥기 때문이다

마침내 그가 불을 껐을 때, 어쩌면 불이 꺼진 게 아닐
지도 모르지 다시 불을 밝힌다 해도 그곳엔 아무것도 없
었을 테니까

누군가 이사라도 가버린 것처럼 문이 닫히는 소리가
들렸고 그제야 나는 내가 잠들어 있고 이것은 꿈이 아닌
지 의심하기 시작했다 창문 하나 없는 빈집같이 깜깜한

사월
—— 반복

손톱달이 가지에 걸렸다
새순, 하고 발음했으나
떨어진 것은 꽃잎이었다
달은 움직이지 않았다
시간은 가지 않았다
시간은 오지도 않았다

걸려 있는 것은
나의 왼눈 같기도 해서
꽃잎은 여전히 떨어질 거였고
우리는
기쁘지도 슬프지도 않고

한때는 돋은 듯 작고
떨어지듯 작디작다
반복되지만 돌이킬 수 없는,
이를 테면 반복되는 노래 같은 것
기어코와 이윽고 사이,
몹시 화가 나서 걸어가는
뒷모습처럼

조금 더 따뜻한 쪽으로

나는 엔진 소리를 듣다가 커다란 회전에 대해 생각하게 되었는데 상념은 오래 지속되지 않았다 누군가 벨을 눌렀고 나는 창문을 열었다 노을이 짙게 깔리기 시작했다 나는 다시 엔진의 소리를 듣기 시작하였으나 회전은 아주 느리거나 멈춰버린 듯했고 중심은 보이지도 짐작되지도 않았다 나는 사랑에 빠져 있었다 세종로에서 사직로 쪽으로 꺾여 들어가는 그쯤의 일이다 곧 밤이 시작될 것이었고 누군가는 늦었고 누군가는 즐거웠고 누군가는 잊혀갈 그런 밤에 대해서라면 나는 아무 관심도 없었다 나는 창문을 닫았다 여름이 아니었다 나는 소년도 아니었다 나는 나를 생각했고 여름의 시작을 떠올렸고 그리운 마음은 조금도 들지 않았다 그저 조금 더 따뜻한 쪽으로 가고 싶었지만 그런 곳은 아마 없을 것이다 깊은 자국을 남기고 나는 중심으로부터 아주 약간 더 멀어져서

옷을 갈아입는 시간

눈과 눈 사이 투명이 산다
물음이 몸을 기울이고 있다
팔꿈치를 기대고 귀를 내민 채
나머지는 퇴화한다 교묘히 침묵,

더 잃어버리고 집으로 돌아온다
창밖을 건너보는 이유가 된다
밤이 빛을 거두는 이유가 되고
발광하려는 욕심의 설명도 된다

언제나 충혈되어 있는 순간을 위해

지금은 옷을 갈아입는 시간
지금은 하품을 하는 시간
왼쪽 턱뼈가 오른쪽을 만나는 시간
조용한 짐승이 되는 부엌의 시간
물방울 떨어지는 소리가 있고
수시로 목마른 시간
내 방 불을 켜두는 시간

시계를 보고 놀라게 되는 시간

손과 손 사이에 선의가 있다
양손은 악수로 화해를 청하지 않는다
반목과 불신의 우애가 깊어져
달력은 잘도 넘어가고 계절은 가지 않는다

문득, 너는 참 못됐고
나는 참 안됐다

묻지 않아도 대답하는 자동이 있어서
자세가 몸을 눌러 담는다
잃어버린 것들 발끝을 들고
늦은 귀가를 할 것이다
이마에 손을 올리고 나는,
바닥을 바닥에 대지 않을 것이다 닿아도
모두 닿은 것은 아닐 것이다
줄어들지는 않을 것이기 때문에

사랑

오랜만에 찾아간 너의 집에선 녹물 냄새가 풍긴다 못
본 새 많이 말랐구나 너는 방치해둔 의자에 앉아 무릎에
담요를 덮고 있다

테이블엔 원고 뭉치 바닥까지 말라버린 머그 두 개 깨
끗이 비워놓은 두 손 나는 앉을 곳을 찾지 못해 너의 어
깨를 짚고 서서 손바닥에서 느껴지는 무게와 균형에 대
해 생각한다

배가 고파 어제부터 아무것도 먹지 않았어 아무것도
먹고 싶지 않았으니까 그건 지금도 그래 자꾸 배가 고프
고 나는 아무것도 먹고 싶지 않아

네가 키우는 창문 너머 눈 덮인 공터에는 누가 도망이
라도 간 것처럼 발자국들 요란하게 남아 있다 저곳엔 건
물이 들어서겠지 새 창문들엔 구름이 놓일 거야 그때쯤
반복해서 날아오를 새들

너는 움직이지 않는다 그림자로 사물을 만드는 중이

라는 듯 여전히 녹물 냄새는 가시질 않는다 너의 머리가,
두 손과 두 발이 혹은 어딘가 젖어 뚝뚝 물이 떨어져 내
리는지도 모른다 아니면 누가 우는 것일까 하지만,

　자고 있어? 창문을 여는 대신 블라인드를 조금 내리고
나와 너는 어디 있는지 보이지 않는다

얼룩

한 손은 하얀 천을 그러쥔 채 다른 한 손은 내 가슴 위에 올려놓고 그녀는 말한다. 어릴 적 나는 얼룩이었어. 가슴에 올려놓은 한 손으로 그녀는 세모와 동그라미를 반복해 그려내고 나는 말을 금지한다. 바닷속에 가라앉은 바위처럼. 곧 세모나거나 동그란 부분만 남을 것 같아서. 거기, 붉은 자국이 자맥질 친다. 그 얼룩은, 그녀는 침묵을 깨고 말을 잇는다. 내가 아니었어. 조금도 닮지 않았고, 비슷한 구석도 없었지. 나는 그 얼룩에서 태어나지도 않았어. 얼룩이 사라지고 내가 있었지. 하지만, 나는 그 얼룩이 그리워. 그게 곧 나인 것만 같아. 그녀가 점점 더 빠른 속도로 그리는 동그라미와 세모 위에 구름이 흘린 빛 한 조각이 떨어진다. 어쩌면 나는 다시 얼룩이 될지도 몰라. 안녕이라고 말하지도 못하겠지. 그러나 남게 될 거야. 나는 그녀의 손을 잡아 멈추고 대꾸하고 싶다. 너는 얼룩이야. 여전히. 그러나 나는 움직이지도 말하지도 못한다. 세모 혹은 동그라미가 되어버렸기 때문일 것이다. 아니면 나와는 조금도 닮지 않은 비슷하지도 않은 얼룩이 되어버렸는지도. 빛이 사라졌다.

26

잠든 사이

　저녁이, 잠든 사람처럼 무게도 없이 가라앉고 있었다
전구가 흔들리고 사방이 노랗게 달궈지는 동안 안과 바
깥이 함께 밀려와 혼자의 말을 하려니 미끄럽고 조금은
아슬한 거였다 바닥이 말라가고 숨소리 지워가는 시간이
나무로 만든 그림자처럼 비틀리고 딱딱하게 변해간다 하
루가 내부의 방향으로 사라져가는 지금, 한 뼘쯤 남겨둔
사이는 세상이 묻혀놓은 기적 같지만

새장

그 저녁에 나는 맥없는 단어들을 생각하고 있었다 하
나둘 자취를 감추고 파문과 같은 여운만 남았을 때, 나는
남아 있는 것이 별로 없다는 사실에 놀라기도 했었다 그
러나 이따금 나는 너무 사소한 것들만 기억해내곤 하지
일 분이 흘러가는 전말과 같이 사실은 의미 없고 무용한
일뿐이다 가벼운 탄식처럼 지금은 安全하다 가늘고 긴
손가락으로 잠든 이의 숨을 확인하듯 비가 내렸으면 좋
겠다 사나운 바람과 함께 나는 이곳에 집을 이룰 것이다
그런 기대를 두고 귀를 기울여보면 하루가 흔들리는, 그
런 기분에 사로잡히기도 하였다

섬

　오늘 밤을 생각하면 나는, 흔들리는 나뭇가지 아래 흔들리는 빛 그늘 속에 흔들리는 요람 속 흔들리는 아기처럼 울음을 입에 물고 걸음을 떼지 못한다 이제 더 갈 곳이 없으므로 당신이 닮은 삶을 토닥이다 잠에 드는 동안 나는 침대의 한끝을 매만지며 뒤척여도 볼 것이다

조항

　네가 꿈을 꾸었을 때, 등을 만지던 차가운 손은 나의 아버지의 것이었고 너는 파닥거리는 날것의 상상을 낳았다고 했지 네 등의 감촉은 어땠을까

　누군가 노크를 했어 너의 친척들이었어 문을 열어주었고, 그들은 조항을 가지고 왔고, 하나씩 그것을 따져 읽어보았지 거기에 너에 대한 이야기는 없었어 마음 놓고 사인을 해주었고 너의 친척들은 박수를 쳤어 모두 만족했던 것 같아

　나는 다음을 기다렸지만 아무런 이야기도 들리지 않았다 그러나,

　닳아 사라지길 바라며 만져보는 것
　나는 삶의 구조를 믿는다

　나는 꿈꾸는 너를 본 적이 없다 네가 낳은 파닥거리며 끝까지 말을 잇지 못하는 상상만을 간신히 안아볼 뿐이다 네 등의 감촉은 어떤 것일까 네 등을 만진 그 손은 얼

마나 차가운 것일까 나는 과거형으로 변색되어가는 삶의
구조를 흔들어본다 빈 병처럼

질문

수건이 필요하다
시간이 똑똑 떨어진다
반대편에도 생은 있다
타오르기에,
지구는 너무 촉촉하고
구름은 떨어지지 않으므로
망상이 구름을 밀고 간다
흘러가므로 늙는다
그러하므로,
당신이 궁금하다
창틀의 형식을 데리고 온
당신의 이름을 묻는다
혹시, 이름을 벗었는가
그게 처음이었는가
처음에 대한 질문이 곤란한가
그게 아닌가 역시,
시간은 똑똑 떨어지게 된다
반대편에도 생이 있기에
수건이 필요하여 걸리고

구름이 얼굴처럼 생겼다
당신이 젖었는지 웃었는지
그런 질문은 쓸모가 없다
당신은 생겨나는 물건이다
간혹, 눈을 뜬 채 흘러간다

어깨가 넓은 사람
── O로부터

그래서 그다음은 어떻게 됐어
네가 물어보았을 때 나는
어깨를 으쓱하고 말았다
나도 알 수 없었기 때문이다
이야기란 그렇다
도무지 끝나질 않고
매번 시작되기만 하지
그래서 나는 네게
부루퉁한 표정의 네게
한 사내에 대한 이야기를
해주기로 마음먹었다 방금
고등어구이를 먹고
고등어구이집을 빠져나온
가시가 걸린 기분이 가시지 않는데
실제로는 그렇지 않은 게 분명한
한 사내에 대한 이야기

그는 어깨가 넓고 튼튼한 사람
함께 걷는 사람들과 부딪히곤 하지

맞은편에서 걸어오는 사람들과도
사람들은 그의 어깨를 좋아해
넓고 튼튼하니까 언제든 도와줄 거야
정말 그런지 그렇지 않은지는
넘어가자 이야기는 그런 거니까
그가 고등어구이집을 빠져나왔을 때,
그 앞에는 아이스크림 가게가 있고
그 옆에는 옷 가게가 있고 그런
흔하디흔한 거리에 서게 되었을 때
그곳이 어딘지 알 수가 없었지
알 수 없어서 울고 싶어졌어
자신이 없었거든 자신이 없다는 것을
실감하게 되었거든 자신이 없어서
이 거리도 아이스크림 가게나 옷 가게
고등어구이도 그것을 먹고 나온 자신도
자꾸 찔러대는 걸리지 않은 가시도
자신이 없다면 아무 의미도 없다는 것을
방금 깨달았거든 그래서 그는 그는 말이야

그래서 그다음은 어떻게 되었어

네가 물어보았을 때 나는

자꾸 사람들과 부딪히고 마는

그래서 사과를 하게 되고 마는

그런 어깨를 으쓱해 보이고는

이야기는 그런 거야

이야기는 이렇게 되는 거지

울어버리고 난 다음의 감정처럼

지워지지 않는 감정인 거지 혹시

지금 네가 서운해졌다면

생선의 가시처럼

투명하고 비릿한 것이

목울대를 자꾸 찔러대고 있는 기분이라면

너는 제대로 들은 거야 하고 생각했으나

더는 말하지 않았다 나도 알 수 없었기 때문이다

무사

　한 아이에 대해 쓰는 시는 앞을 보지 못한다 우묵한 저
물녘 아이가 길을 배워가는 그런 시를 나는 쓰고 있다 아
이가 내민 길고 가늘고 하얀 지팡이가 길고 가늘고 하얗
게 빛난다 그것을 본 적 없이 아이는 웃는다 나는 아이의
즐거움을 모르겠다고 적는다 아이의 뒤에서 선생은 구령
을 붙인다 하나와 둘 사이를 짚고 아이는 넘어지지 않을
것이다 그것이 나를 불안하게 만든다라고 적은 문장은
지우기로 하지만 여전히 나는 조마조마하다 무엇이 무엇
인지도 모르는 것이 깨질 듯 종내 깨져버리지 않고 거기
어둠이 있어 좁고 아득하기 때문이다 그런 것은 너무 많
다 그런 것이 너무 많다 그러나 그들이 돌아오는 길에 대
해서는 아무것도 적지 않기로 한다 나는 그것을 보지 못
하였다

농담

늦여름 나무 그늘 아래 두 사람이 있었어 그들은 도시
락을 나누어 먹고 있었지 가지에 막 내려앉은 새들처럼
다정하고 보기 좋게

그중 한 사람이 벌떡 일어났어 갑자기 소리를 질러댔
지 도대체 뭐가 문제인데 내가 뭘 잘못했는데 나한테 왜
이러는데 내팽개친 젓가락처럼 다른 한 사람은 훌쩍훌쩍
울기 시작했고

개연과 부연이 사라진 늦여름 나무 그늘 아래는 침묵
만 있었어 마치 새들이 떠나 살짝 흔들리는 나뭇가지처
럼 쓸쓸하게 조금 부끄럽게 그런데 느닷없이

그들 사이로 하얀 배구공이 데굴데굴 하얀 배구공이
데굴데굴 굴러 가로질러 가는 게 아니겠어 웃음이 터지
고 말았어 나는 웃음을 참을 수 없더란 말이야 농담처럼
새하얀 배구공이었다니까

너는 웃지 않았고 되묻지도 않았다 나는 한 번 더 설명

을 해주고 싶었지만 개연과 부연이 뒤엉켜 우리는 고요
해졌고 그 사이를 비집고 앰뷸런스의 사이렌이 지나가고
있었다 그렇게 느닷없이

가벼운 돌

그것은 안주머니에 있었다 퍽 오래된 외투에 달린 그
주머니는 늘 비어 있다 가을이 지나고 다시 이 외투를
꺼내 입었을 때에도 비어 있었다 아무것 없구나 지난겨
울도

나는 안주머니에서 그것을 꺼낸다 이것은 단단하지만
뜻밖으로 가벼워서 어쩌면 단단하지 않을지도 모른다 그
것은 바닷가에 있었다 바닷가에서 여기까지 와서 이것이
되었다 이것은 가벼운 돌이다

바닷가에서 나는 그것을 찾았다 바닷가에서 내가 찾고
있던 것은 주워 올 어떤 것이었다 바닷가에서 우리는 주
워 올 어떤 것을 찾게 되지 그것은 조개껍데기이거나 한
움큼 모래이거나 말라 죽은 불가사리가 되기도 하고

그러나 그것은 가벼운 돌 나는 왜 그것이 돌이었는지
알 수 없다 지금과 같이 그것은 가벼웠으며 깨질 듯 단단
해 있었다 나는 가벼운 돌의 약력을 생각해본다 동글동
글하며 미끌미끌한

나는 이것을 당신에게 건넨다 이것이 그것으로 되길
바란다 뜻밖으로 가볍게 들어오고 물러나는 바닷가의 그
것이 되길 바란다 나의 안주머니는 이번 겨울도 아무것
없이 비어 있겠지만

Ⅱ

우리에게 잠시 신이었던

파기와 쌓기의 중간쯤 손등이 枕木처럼 놓여 있구나
나는 손으로 그것을 덮었고 따뜻했으니 당신이 나일 수
있다는 것을 생각한다

무너진다 덮은 것은 단 하나의 음악처럼 무너진다 무
너진다 못을 두들겨 불꽃을 만드는 노동자의 어깨가 기
차를 끌고 다른 곳으로 달려가는 어린아이의 울음이 아
무도 읽지 않은 위대한 시가 무너지며 깜깜해진다

눈을 감은 채 바라보는 빛은 사람의 내부 무너지지 않
는다 친절과 동정과 우울 아래 흔들리는 것들 무너졌다
어둠의 아내가 운다 깊고 푸른 소리가 들려온다 그렇게,
무너진다 잠시 동안 종말이다 무덤의 깊고 서늘한 눈동
자 당신이 버려놓고 태어날 그때의 자국 당신과 당신과
당신을 낳은 우리들의 그림자에게는 당연한 일이지

깊은 바닷속으로 가라앉고 있는 중이다 영원히, 영원
이라는 것이 있다는 바로 그곳이다 가라앉고 있다 나도
당신도 아니고 우리의 중간쯤에서 어딘가로

폭우

아이들은 산딸기를 따러 갔다
돌아오는 길에 풀숲에서
구두 한 짝을 발견했다 지난여름
물빛 다발로 쏟아지던
큰비가 벗어둔 것이 분명했다
아이들은 깔깔 웃었다
깔깔 웃던 그중 하나가 구두를 신었다
그중 하나가 산딸기를 쏟았다
그중 하나가 울음을 터뜨렸다
빨간 입술을 비죽 내밀었다
귀신처럼, 지난 비들이 쏟아진다
하나가 달리자 나머지도 달아났다
구두를 버려두고

붉고 시큼한 맛이었다

主人

오늘은 따뜻한 바람이 불어온다
무게의 주인은 누구인지 묻는다
그것이 떨어지고 머리를 기울인다
사소한 소리를 주우려는 것처럼
세상은 세상을 향해 구부러지고
끝이 끝에 닿으려 한다 빛이 온다
그 빛은 우리를 포함하고 있다
우리를 포함하고 너무 포함하고
깊이 포함해서 결국 지워져버린다
이미 너무 많은 새를 보았다
그중 한 마리는 공기보다 가볍고
발도 날개도 달려 있지 않았다
어디에도 앉지 않았다 어디로도
날아가지 않았다

한낮

별일 없이 달아오르는 오후, 오후의 골목 그 골목에서
나는 헐떡이는 개의 그림자를 본 것도 같다 그림자가 우
뚝 멈추고 그 순간을 노려보다가 그것은 사실이 아니다
그렇게 짖었던 것도 같다 내가 조금 놀라고 그러니 그것
은 분명 다 늙은 개

그렇지 않을 수 없겠구나 이빨도 털도 남지 않은 그때
나는 아무 일도 없고 아무런 일도 일어나지 않는, 반복의
감각을 떠올린 것도 같다 그러나 무관하고 더없이 무용
하고 헐떡이는 개는 개가 아니고 그러니 그림자도 없고
헐떡일 이유도 짖을 까닭도 없으니 나는 웃는다 그것은
이상한 일이다 나는 웃는다 그것은 이상한 일이다 나는
웃는다 여전히 아무도 골목을 지나가지 않는다

아무도 지나가지 않는 골목을 가로질러 늙은 사내가
걸어간다 사내가 반쯤 열어놓은 셔츠가 구름의 들린 한
쪽 끝처럼 환해 보이기도 하는 이상할 것 없이 뜨거운 오
후, 오후의 골목에서 나는 주머니에 손을 넣은 채 해야
할 일을 떠올리다가 잊고 만 것도 같았으나

지옥

비가 내리고 있었다 급히 흘러가는 개천을 가로질러 다리가 하나 있었다 우산을 쓴 내가 그 다리를 건너가고 있었다 빗속에 긴 새가 서 있었다 개천가에, 개천가에 긴 새가 서 있었다 걸음을 멈춘 나는 눈을 가늘게 뜨고 그쪽을 보았다 긴 새는 미동도 하지 않았다 불편했기 때문에 나는 왼쪽 어깨에 기대 놓았던 우산을 오른쪽 어깨로 옮기면서

저것은 새가 아닐지도 모른다 날개도 부리도 없는

그래도 비는 그치지 않는다 오른편에 둔 우산처럼 젖어가는 나는, 같은 생각만 반복하고 있다 그래서 아무도 떠올리지 않고 그러므로 아무도 그립지 않은 밤이다 그칠 줄 모르고 내리는 비를 받아내고 있는 개천을 가로지르는 다리 위에서 나는 저것은 새가 아니기 때문에 생각에 잠겨 있고 난데없이 이건 또 어떤 지옥인가 싶었다

작은 일들

연못인 줄만 알았다
볕이었다
볕이었는데
여름이었다

무척 가깝게 느껴졌다
창문이었다
커다란 창문 두 개였다
두 개 중 하나가
여름이었다 무더웠다
볕이 있어서
연못인 줄 알았지 뭐야
하고 한숨을 내쉬었는데,

부끄러움도 없이
지난 일 년이 다 벗으며
녹아내리고 있다
이상하네 이상하고말고
나는 한숨을 내쉬듯

말하고 말았다 그래도
지난 일 년은 참방거리듯
녹아내리고 있었다
거의 다 녹은 지난 일 년이
일 년의 일들이
차곡차곡 내려앉으며

못을 이루고 이루다 말고
녹은 제 속을 비단잉어 떼처럼
빨갛게 하얗게 노랗게
빙글빙글 빙글빙글
맴돌고 있었다
미끄러지는 것과 같이

나는 자리를 옮기며
남은 일 년은 어쩌나
걱정을 하기로 하였다
맨발 둘을 연못에 담가놓는 사람처럼
그렇게 하기로 하였다

어떤 작정이 없다면 사람은
금방 슬퍼지고 만다
고작 덥네 더워 여름이네 여름
하면서 그렇게 부끄러운 일만
잔뜩 떠올리면서

시를 읽는 시간

　불을 켜주고 갔습니다 미간을 찌푸려 가늘게 눈을 뜨고 방금,

　읽어가던 것을 시옷의 형태로 내려놓습니다 기다립니다 그만 내려오기를 내려오고 내려오다 더 갈 데가 없을 때까지

　바람이 불어옵니다 간판이 흔들리지만 가게는 없고 야윈 손님이 찾아옵니다 이 밤은 어느 때의 것입니까 왜 아무런 말도 없이 불을 켜주고 간 것입니까

　더 갈 곳 없어 지금을 빌리는 중이니, 이 불빛은 꺼두어도 좋겠습니다 나는 오래도록 없어지고 있습니다 견고한 물질 위에 마른손을 올려 두고서

단어

빛이 떨어지고 빈 병이 있던 바닥에
거기 있다는 것을 본 것만 같은데

그저 그랬을 뿐 나는
흔적처럼 남아 있는 온기를 쏠어보았고
먼지처럼 작은 것들 묻어났다 알고 있었으니

아무런 일도 벌어지지 않을 것이었다
잠에서 깨었을 때 사라진 당신은
당신 아닌 것들만 남아 당신이 되었고

나는 아주 작고 아득한 단어를 날리고
세어본 것이다 쏠 수도 발음할 수도 없는
단어를 오래전부터 알고 있었던 것 같지만

그건 사실이 아닐지도 모르지 그것은
날아가버렸고 도저히 돌아올 수 없으니

음악을 가둔 방

—— 볕과 그림자

꿈을 꾸었다
편지를 쓰다 마는
쓸 말이 없었는지
쓸 수가 없었는지
어지러워 펜을 내려놓고
바짓단을 걷어올린 강이
첨벙대는 소리를 듣다가
잠에서 깨어버렸다
커튼 틈으로 볕이 들고
아무도 없고 아무 소리도
들리지 않았다

MILK

MILK는 쏟아져도 밀크의 밖을 넘지 않는다

포개져 서로를 밀어내는 연인처럼
무늬가 남겨놓은 냄새의 자국처럼
왕관을 그리는 한 방울
작고 부드런 소리처럼 나는
당신이 좋다 당신이
문을 두드리는 순간이 좋다
당신이 나타나는 것이 좋다
당신 형태의 맛을 상상해보는 것이 좋다

엎질러진 밀크는 MILK의 방향으로 천천히 간다

그때, 나와 당신의 대화는 아마 방금 딱딱한 바닥에 쓰러져 죽어버린 남자, 죽은 자의 입에서 흘러나오는 낯선 구름, 그것이야말로 장엄한 풍경 그러니까 너무나 사랑스러운 것 나와 당신의 대화는 아마 돌아오지 못할 거야 죽어서 죽은 채 흘러갈 거야

바닥의 밀크에서 새로운 MILK가 태어난다

당신을 당신 곁에서
자국을 둥글게 남기며
천천히 움직이는 당신 곁에서
당신을 내버려두길 바랍니다
좋기 때문에 나는
당신이 당신뿐 아니라
혀를 대고 미끄러지는
발음 근처에서 당신이
당신을 가만히 들여다보다가
무엇이 우리들의 왕관인지
생각해보았으면 좋겠다고 생각합니다

말라붙은 MILK는 milky의 길을 가고, 밀크는 우뚝 멈
춰 선다

그래서 어땠나요
오늘 밤은, 오늘 밤의 하늘은

촘촘한가요

MILK는 밀크의 무수한 상상

MILK는 그치지 않는 정체

자꾸자꾸 드러나는 MILK의

당신이 당신의 MILK를 찾아 떠나갑니다

굴러가다가

멈춰버리는

MILK

찰랑거리는 밀크

조금 쏟아지는 밀크

사랑스러운 MILK

MILK의 밤

밀크의 혼돈

밀크의 범람

어디서 시작해야 할까요

가득한 one cup of 밀크

MILK 한 잔만큼의 상상 그리고

　　종이팩에 담긴 당신과 나와 우리들의 밀크는 단 하나
의 날짜를 향해서

안과 밖

잎을 뒤집으면 거기, 살과 뼈의 사람이 있어 색 다 벗겨지고 투명해지도록 울창한 한 계절 함께 나고 싶었네 숲을 심고 들어가 나무가 되고, 둥치가 되어 둥치마다 이름을 새기고, 이름이 되어 고개를 들면 일렁이는 평생을 잇는 단서가 있을 거라 믿고 싶었네 그러나 바람이 불어도 뒤덮여 썩어가는 것이 있어, 몸을 半 묻고도 다 울 수도 없는 지금이 前生이지 나는 아무것도 적지 못하겠네 가는지 오는지 더듬어도 없는 흔적이어서, 그제야 뒤집어도 보이지 않고 놓아도 가라앉지 않는 사람의 뼈와 살이 거기 있었네

여름 팔월

여름 팔월은 참 길고 아득해서 나는 그렇게 있다

이곳엔 볕이 너무 많아 귀하지 않지 다리를 떨면서 다리를 떠는군 생각하면서 나는 아무 건물 아무 이 층 아무 사무실 아무 창문 위에서 볼 수 있는 아무 블라인드와 같은, 여름 팔월의 볕 구석에 매달린 흔하고 틈 많은 사연을 내리며 있다

조금 어두워졌다고 믿는다 나는 조금 어두워졌고 시원해졌다는 믿음 아래 있다 잠자코 검은 양산 하나를 펼쳐 나눠 쓰고 걸어가는 여자들을 본다 여름 팔월은 아랑곳없이 나무 그늘 아래를 지나가듯 걸어가는 그들을 본다

그들을 보고 있던 그런 내가 병과 주의와 주장과 그것들의 크기 그런 것들의 자취 그들의 미래와 후퇴에 대해 떠들어대듯 여름 팔월, 블라인드처럼 드리워놓은 사연들 속 그 덕분에 조금 어두워지고 시원해진 그 속에서 모든 것은 당신이 아니겠는가

당신 아니고서는 아닐 수 없는 것이 아니겠는가라고
대꾸하듯 나는 잔광처럼 남아 한들한들 흔들리고 있는
검은 양산을 생각해본다 죽이고 싶다와 죽고 싶다 사이
여름 팔월은 얼마나 많은 사랑이 넘쳐날 것인가 내려놓
은 사연 뒤편에서 나는 그렇게 되어버리고 있다

늦고 흔한 오후

정에게 전화가 왔을 때 마침 비가 그쳐가고 있었고, 누군가 똑 똑 똑 노크를 했다 몇 겹의 먹장구름을 구경하느라 정의 목소리는 상기되어 있을 거라고 생각했다 하지만 가깝게 차가 지나가는 소리가 들렸고 그 때문에 정의 첫마디를 놓쳐버렸다 노크를 한 사람은 누굴까 정이 무슨 말을 하기는 한 것일까, 기다려봐도 문밖에선 없는 기척이 몸을 돌리는 소리 등 뒤로는 몇 방울 비가 마른 자국을 만드는 기척 전화기를 든 채 몸을 돌려 창밖을 바라보며 나는 기다렸고 비는 그쳐가는 중이었고 정은 아무런 말도 하지 않았다 책상 위엔 수명을 거의 다한 노트가 한 권 헐렁하게 놓여 있었다 정의 기척을 기다리며 이다음 벌어질 일들에 대해 써 있기라도 하다는 듯 노트를 넘겨보았다 그런 다음에야 마침내 비는 그쳤지만 여보세요 여보세요 저기 아무 말도 안 들려 흔히들 그러하듯 나는 흔한 사람이니까 비를 피하려고 어느 건물 입구에 모여 선 게 분명한 한 무리 사람들처럼 그렇다면, 사실 비는 내리고 있는 것일까 이봐 정 듣고 있어 다시 몇 차례 노크가 들린 것처럼 아랫입술을 지그시 깨문 보랏빛 순간이 지나갔다 나는 이번에도 그것을 보았고, 정의 목소리

는 저쪽에서 이쪽으로 나타날 줄 몰랐고 이내 전화가 끊
겼다 어쩌면 별일 아닐지도 모르지 키우던 화분이 말라
죽었거나 그가 애써 실종시켜버린 과거의 일들이 방문을
똑 똑 똑 두드려 겁에 질린 것일지도 아직도 정은 전화기
를 붙들고 있을까 혹시 정은 몇 겹 먹장구름의 흔적이 되
어버린 것은 아닐까 그러니 네 들어오세요 들어오시라
고요 얼마든지 방금 한 무리 사람들이 날이 갠 늦고 흔한
오후 속으로 흩어진 것이 분명했다 그러니 전화기를 내
려놓듯 노트를 덮고

장마

성당 앞은 언제나 붐빈다 계단을 내려오다 말고 멈춘다 몇 번인가 종소리를 들은 적이 있다 하지만 나는 종탑이 어디에 있는지 모른다 거대한 종이 움직이는 것을 본 적도 없다 그것은 정말로 거대할까

곧 미사가 시작됩니다 그러니 기도하십시오 이 많은 기도를 두고 어디를 디뎌야 한다는 말씀이십니까 기도하십시오 멀리서 매미가 울부짖는다 덥다 너무 덥다 기도하십시오 기도 말고 무엇을 할 수 있겠어요

절룩거리며 지나가는 사내를 보았다 오후처럼 그는 흐리고 느렸다 그의 뒷모습은 그치지 않고 곧 인파 속으로 사라졌다 이 여름이 끝나지 않을 것만 같아서 손으로 이마를 가려보지만 그늘은 생기다가 사라지고 끝나지 않는 그런 여름이 어디에도 없다는 것을 이제는 안다

놀라운 지시

그 나무는 꽃이 없었다 아마 숨긴 듯 피워내는 그런 樹
種이었겠지만 앓는 내내 나는 몰래 피고 지는 것은 아닌
지 의심을 지우지 못했다

병은 눈으로 찾아와 나는 어떤 소리, 살기도 하고 죽기
도 하는 소리를 들은 것만 같아서 어둠 속을 더듬거렸고,
그때마다 형체 흐린 몇 조각 그림자들이 지나가는 것이
었다

그것은 눈의 뒤쪽이 아니었겠나 싶은 것인데 마침 큰
비가 와서, 나무는 지치지도 않고 뚝뚝 빗물을 떨어뜨렸
고 그것은 놀라운 지시처럼 들리기도 했으므로 나는 좀
처럼 낫지 못했다

너의 사물

너의 사물을, 놓인 그 위로
얼어붙은 지난 일들 사라져
흔적이 남게 될지도 모르고
아무것도 기억하지 못한 채
나는, 너의 사물을 매만진다

그것은 책상이다,
여기는 좁은 의자다
벽의 일부로 날아간 오후가
천천히 터져간다 왼편에 생긴
그쪽엔 창문을 남겨 두기로 한다

창밖엔 나무와 나무의,
차츰 자라는 날이 어둡구나
이틀간 내려놓은 비들의
지상과의 흐릿한 작별
지금은 네가 모의해 남긴
사물의 생업이다
너의 사물은 가난하고

너의 사물은 언제나,
너를 찾고 있다 부유하는 추적
운명은 서러이 놀란다 그렇게
너의 사물은, 웅크려 있다

슬픈 것일까 너의 사물은
그러니까

가령, 가령에서 시작해,
가령으로 끝나는 가장의
숨김 아래, 뚜껑이 닫은
너의 사물 그러니까,
가령, 지구는 자신의 그림자로,
덮인다 때로는 침묵에 의해,
달빛이 쏟아져 운다

생은 끝을 상자처럼 접는다
四肢는 그토록 끝나지 않는 태연
실은, 너의 사물이 넣어두고 잊어버린

나의 처음에

애써 떠올려보면 그 아득한 시간
그 아득한 햇빛 아래 있는 사람이

그 사람은 나의 아버지 아버지의 아버지이며 어머니
어머니의 어머니이기도 한, 그러니 당신이어도 이상할
것이 없고 나일 것도 같은 사람이 꽃을 심고 있는 곳 그
곳에서 노랗고 빨갛고 파란 동시에 그 어디에도 없는 빛
깔을 지닌 꽃들이 조금씩 늘어나

이내 한가득한 꽃밭 내 눈물 속에 몰래
몰래 살고 있는 바로 그 꽃밭에

어떤 날들이 찾아왔나요

어떤 날들이 찾아왔나요 낯선 구름이 드리워진 푸른 초원에는 양 떼 같은 빛 자국 말도 못하는 울음 그건 대체 무슨 색인가요

답할 줄 모르는 어리석은 마음이 소낙비처럼, 닿지는 않고 젖어갑니다 당신은 알고 있을까 울음이 어디까지 갔는지 자취는 보이지 않고 멀리 가는데

밤이 찾아오고 몰래 초원의 들판이 아득하게 덮여 구름과 구별되지 아니할 때 자박자박 발자국을 내는 것은 달빛이 아닐 거예요

그 밤엔 낡고 흐린 담요를 덮어줄게요 당신은 당신을 키워요 당신을 삼켜요 당신을 비밀로 삼아요 나는 당신을 업고 밤을 다 걷겠어요 그러니 아무도 몰래

아무도 몰래 어떤 날들이 찾아왔나요 당신과 내가 서 있는 이 초원 위엔 목마른 안타까움이 떠돌고 밤은 아직도 한창인데,

붉고 흐리고 빠른

당신이 사라졌다
나는 더듬는다
붉고 흐리고 빠르다
나는 놓쳐버렸다
빈 몸은 그렇다
빈 감각은 틀림이 없고
이 방은 너무 어둡다
한낮의 아침은 지난하다
거기 있으라, 한 뒤에
거기 있는 차분한 것들
오고 창문을 닫으면 마침내
폭우가 쏟아지는 소리
고개를 돌려 밖을 본다
당신이 젖어간다 틀림없이
보기에 좋지 않더라
나는 중얼거렸다 분명히
폭우의 소리만 들린다
폭우는 언제나 흥건하다
그런 바닥을 보고 싶었다

비나 패배나 염치로
사냥과 색깔과 금과 은으로
겸손과 황홀과 수치로
붉고 흐리고 빠르고 멋진
당신을 둘러싼 채 멎어 있다
돌아오지 않을 것이다
이미 알고 있다 당신도 나도
오래전 읽은 적이 있으므로
당신은 뒤척이고 있다
여태 잠들지 못하고
여태 잠들지 아니하고

가벼운 풍경

방문에 종을 걸었더니
어찌나 흔들리던지
잠에 빠져서도 잠들지 못했다

폭우 침잠
다시 폭우

한낮은 끝나지 않았다
종이 흔들려, 들렸다 나는
종을 방문에 걸어둔 것을
후회하기 시작했다 종은
후회에도 흔들렸고
사소함도 놓치지 않았다

폭우 침잠
다시 폭우

한낮은 흔들리지도
들리지도 않는다 그것은

매달려 우는 것일까
창밖을 본다

가벼운 풍경 왼쪽 위에서
오른쪽 아래로 곤두박질치듯
새가 지나갔다 어떤 새인지
보지 못했다 어차피 나는
새의 이름 따위 알지 못한다
종이 흔들렸다 나는
귀의 모양을 그려보았다

Ⅲ

우리에게 잠시, 신이었던 것들

1
그것은 거기에 있었다

2
반짝이는 것들, 생명이어서 금방
따르고 차오르는 것들 되었네
움직이는 소리를 듣고
울고 싶어지는 검고 흐릿한 사물
그러니 문득 모두 거기에 있고,
외마디만큼만 멈춰 있었네
오지 않는 누군가처럼
낯선 어휘처럼 지친 외국인처럼
낱낱이 밝혀진 힘없는 음모처럼
무서워라 그 시절, 보고 있네
아득아득 깎여나가는 몇 날의 밤과
잠 위로 날아드는 새 떼의 풍경
그 깃털을 덮고 잠이 들었네

3

나타난 별들에 흑막을 매달고,
우리 꿈속으로 스며든 밤의 動搖
가야지 이제 몸은 우리의 것이 아니니
눈 속에 밝혀둔 불빛들 춤추고,
은제식기들 노래 부르는 동안은
어떤 청도 거절할 수 없는 법
허무와 욕망을 추종하는 추적
파랗게 물든 유령의 뒤를 쫓아서
그것을 희망이라고 부를 수 있다면
발바닥 다 지워지도록 따라가도 좋겠네
나타나라 그리고 사라져버려라
지팡이로 땅을 세 번 내려칠 동안
물줄기가 솟아올라 공중에 흩날리는 동안
아직은 아무도 눈뜰 수 없는

4

어느 좁은 길목에 서 있었을 때,
길고 긴 한숨의 실을 뽑아내었을 때,

물 위로 떠오른 손을 건졌네
배를 타고 사라졌던 사내들 돌아오는 소리
그 음악 그 발 구름들 아주 멀리까지 갔다가
돌아와 소리에 묶이게 되었을 때
우리가 키웠던 것들 어두운 잎을 날려
우리의 머리를 만졌네 가능한 일이지
무엇이든 소란의 곁으로 다가갔을 때,
우리는 우리가 얼마나
어두워졌는지 알게 되었지
그때 들었던 거야 사라질 듯 다가오는
색과 빛의 세계 말하지 않았지만

5
그의 얼굴을 본 적이 있니, 우리는
묻지 않았지 그의 얼굴은 비밀이었으니
그가 주머니에 감추어둔 것도
언젠가 그가 날려버렸던 푸른 저녁도
우리는 묻지 않았네 거기
생이 재잘대는 소리를 듣자고

손을 펼쳤을 때 보이던 들판과 구름들
흘러가고 여린 풀잎들 발돋움하던
그러나 여전히 그것도 아니었지

6

기억의 들판이 불러오는 회한이여
회한의 돌풍이여 날아드는 마른 가지여
가지가 내어놓는 마른 불꽃이여
불의 혀가 삼켜, 천천히 가라앉는
당신이여 당신이 말하는 기적이여
어디에도 없는 기척이여 사막 같은
슬픔이여 나는 울고, 울다 버려졌으니,

7

이제 밤이 다 가고 늙어버린
아침이 백색의 천을 이끌고 오고 있다
모든 것을 다 뒤지고도 끝내 찾지 못한
인간이 걸어오고 있다 패배했지만
패배하지 않았다 푸른 종이에 쓰일

난독의 감정이 지구를 조금 끌어 올린다
이곳은 생활이 생활로 이어지는 소리
생계가 생계를 당기는 냄새로 가득하다
백색의 천이 조금씩 검붉어질 때,
인간은 서 있다 인간은 날아가지 않는다
벗어난 것은 어디에도 없다 살아간다

8
노파는 느린 손가락으로 빈 새장을 흔든다

겹겹, 겹겹의

　　오래 바라본 사람은 알지 창밖에는 겹겹의 시간이 있다는 것을 느리게 공원처럼 느리게 우산을 쓰고 가는 사람과 우산을 쓰고 가지 않는 사람과 우산이 없는 사람과 우산을 펴지 않는 사람의 공원처럼 천천히 아주 천천히 날아올랐다가 공원의 공중을 빙그르르 돌아 제자리로 돌아오고 마는 비둘기들처럼 그러고 난 뒤에는 어쩐지 같은 것은 없게 되어버리고 이미 지나가버렸고 돌이킬 수 없게 되었으나 여전히 오지 않는 느닷없는 때가 겹겹 놓여 있다는 것을

　　　　　　　　그 모든 일이 동일한 요일이거나 동일한 날씨에 있거나 그렇지 않거나 기억할 수 없으나 버릴 수도 없게 비좁게 모여 있고 새겨지고 느리고 천천히 느닷없이 생기는 겹겹 놓인 그런 시간은 그들이고 그들의 날들이고 나는 끼어들 차례를 놓친 채 선 밖에서 자꾸 주머니에 손을 넣고 뒤적거리게 되는 그런 시간이 있다는 것을 오래오래 바라본 사람은 알게 되는 것이다 글자나 사랑의 논리 따윈 통용되지 않는 그런 시간이 있다는 것을 곧 내 이른 겨울밤이 찾아와 느리지도 천천할 까닭도 없

이 어둑어둑해져올 때 손을 씻다가 멈추고 오래 거울을
들여다보는 사람처럼 누군가는 깊게 잠이 들 것이라는
것도

작가

하루 그리고 하루. 내 곁에는 울 수 있는 사람들이 너무 흔했다. 나는 지워지고 싶었다. 지워짐을 남기고 싶었다. 그는 내 세계에 없었다. 밤이 찾아올 때마다 낮을 기다렸으나

태양이 모든 것을 차지하는 때가 오면, 나는 무기력했다. 막다른 골목에 닿으면 새를 상상하게 되는 것처럼 무심코 계절을 넘기는 神 그리고 神. 펜 끝이 닳아갔다. 매일같이

나는 지문을 지우기 위해 애썼고 그러나 다음 날이면 다시 돋아나는 생의 증거. 그는 말이 없었으므로, 다시는 그의 글을 읽지 않았다. 그는 죽었다, 매일

점점 늘어가는 무덤들. 메말라가는 적요. 밤마다 일기를 쓰며 사라져가는, 쓰고 싶은 것도 쓸 수 있는 것도 없는 시절에 대한 이야기다.

긴 밤

눈이 내리던 밤에 길게 길게 내리던 밤에 누군가는 떠나고 누군가는 돌아오던 밤에 백 년 전이 되고 백 년 후가 되고 소문이 되고 이야깃거리가 되지 않고 날아오고 날아가는 것들이 하얗게 하얗게 쌓이고 모여 길이 되고 종내 길이 되지 아니한 그 밤에 그 긴 밤에

悲鳴에 깜짝 놀라 돌아보면 까르르 웃는 소리가 발자국도 없이 뒤따라오는 기분 그러면 나는 오래전에 보았던 뱀의 허물을 떠올리는 기분 그렇게 잠이 오지 않을지도 모르는 생각을 베고 누워 꿈을 꾸고 있는 기분 갑자기 아들아 하고 아버지 목소리를 듣는 돌아가신 기분 눈 속으로 걸어 들어가며 긴긴 눈 내리는 잃어버린 길 위로 걸음을 재촉하며 조금 미끄러지기도 하면서 끝부터 바스러지는 지난 시간을 만나보는 기분 마음에도 없는 실수를 저지를까 봐 두 손 단단히 유폐한 채 그것은 그것이 맞을지도 몰라 자책하면서 조금 남은 길을 한참 동안 걸어가는 못난 사내의 기분

그렇다면 긴 밤을 덮고 덮는 것은 눈이 아닐 수도 있겠지 보이지 않게 드러나는 것도 있다 한 칸 덜컥 잘라내듯

아무 일도

그 며칠 동안 나는 아무 일도 못 했다
책상이 점점 두꺼워져가고
의자는 두 개쯤 있고 어울리는 사람
한둘 떠올리는 동안
네가 없어지는 동안
그를 기억해보려는 동안 그러니까
그가 너를 대신하려고 의자를
길게 끌어당기는 소리
빈 곳이었다 아무도 없다
지금은 안부와 증오가 같다
손을 씻고 뚝뚝
화장실 바닥에 흘리는 자리 같아
거기에도 있는 게 여긴 없다
우리는 다 착하다 씨를 뱉듯
우리가 나를 버린다 그러니까,
버려진 씨처럼
그 며칠 내가 수족을 다 참느라
아무런 일도 못 했다 아무런
일도 일어나지 않는 그동안엔

의자가 두 개쯤 있고
비어서 있느라 오전과 오후를
보내고 그런 일과 상관없이
표정을 지워버린 어떤 사람
세상에 표정을 다 비우다니!
그런 사람이 있느라 또 없어서
나는 또 아무 일도 못 했던 것이다
그동안 아무런 일도

남아 있다

중국 소년이 있는 작은 공원에는
비둘기가 여섯
겨울나무가 스물

그러니 소년은 비둘기를 쫓고
그림자 가늘은 겨울 가지에는
아무것도 앉지 못할 것이며
그저 비껴 나갈 뿐일 것이며
하품하는 사람의 턱처럼
새들은 돌아오고 말 것이며

이것은 우연도 작위도 아닐 것이며
오늘은 춥고 먼지 많은 계절의 평범

중국 소년이 있던 작은 공원에는
비둘기가 다섯
겨울나무가 스물

그러니 소년은 흥미를 잃은 참이고

정오의 빛은 저녁의 색으로
공원을 뒤덮어갈 것이며
새 중 한 마리는 돌아오지 않았으며
나무는 어디로도 가지 않을 것이며

공원은 남아 있는 것들로
우연도 작위도 되지 못할 것이며

축복

    먼 도시에서 돌아오던 길이었습니다 驛舍의 계단을
따라 내려오다가 먼 소리에 귀를 기울였어요 이따금 끊
기고 조금씩 늘어지는 그 음악은 우스꽝스럽게 차려입은
한 사내의 것 그가 내려놓은 악기 가방에는 월세도 없는
사정이 적혀 있고 사람들은 흥미 삼아 동전을 던져 넣곤
했죠 그러면 그는 건강하세요 건강하게 장수하세요 하고
목청껏 축복하느라 연주를 그쳤다가 다시 시작하는 것이
었습니다 타려던 버스가 도착했을 때 그는 캐럴을 불고
있었던 여름의 일입니다 겨울이 깊어지면 생각나는

상자

상자를 열거나 닫는다 상자는 모든 것을 담고 있고 아무것도 담고 있지 않다 어제는 그중 한 상자에 속하고 그 속을 들여다보기도 한다 상자 속에는 지난봄 얇은 카디건이 하나 있기도 하고 그것은 내 것이 아니다 상자 속 카디건은 몹시 아름답다 벗기도 하고 입기도 하면서 좀처럼 고정되지 않기 때문이다 구체적 감정은 다른 계절 쪽으로 흘러가고 그 봄의 얼굴은 보이지 않는다 너무 가깝거나, 가까운 것이 아니라면 낮은 구름 무리가 우리의 머리 위를 흘러가는 거겠지 카디건 입은 사람은 슬픈 色이고 젖은 냄새가 나기도 한다는 것만을 알고 있지만 그것이 예감인지 기억인지는 모른다 結晶적 순간을 위하여 기울어진 형식을 바로잡는다 더 잘 보기 위해서거나 멀어지기 위하여 함께 노력해야 하므로 그러나 한 상자는 다음 상자에 대해 말하지 않는다 언제나 상자의 바닥에는 어두운 손만 남아,

볕이 많은 골목
── 볕과 그림자

k의 집에는 볕이 가득한 골목이 있고 참새 소리들이
아침의 바탕을 이룬다 k는 그 소리가 견딜 수 없다 그는
그렇게 말했고 나는 적으며 고개를 끄덕인다 참새 소리
는 여간해선 볼 수도 없고 쫓을 수도 없는 것이다

허수아비처럼 머물러 있는 나날 동안 k는 바질을 키우
고 있다 바질 뒤에는 참새 소리가 숨을 수 없으니까, 그
리고 스위트바질이야, k는 정정해주고는 창밖을 바라본
다 나는 적다 말고 펜을 내려놓는다 달콤하기 때문일까,
달콤해 보이기 때문일까 k는 대답도 미동도 하지 않는다
대신,

창밖에는 등을 감춘 고양이가 지나가고 오후가 천천히
끝나가려는 중이다 이런 볕이라면, 너무 낱낱하고 또 가
난해 나는 다시 필기를 시작한다 가까운 학교에서는 종
소리, 끝이 난 것인지 시작을 한 것인지 모르게, 담장처럼
낮고 길게 이어지고 있다 k는 생각이 났다는 듯 일어나
볕이 가득한 골목을 거닐기 시작한다 얼마의 시간이 지
났을까

배고프지 않아? 아직 그럴 때는 아니지 나는 잠시 허기에 대해 생각하고 그건 k도 마찬가지일 테지만, 그 지난한 질문은 죽기 전까지 어쩌면 죽은 다음에도 끝나지 않을 것임을 우리는 알고 있다 나는 k가 빛과 그림자의 경계쯤에서 멈추어 섰다고 적는다 그리고 상상한다

그의 환한 속내로 들어가 아무것도 꺼내지 못한 손에 대해, 통증을 참지 못하고 마침내 울음을 터뜨린 k의 모양에 대해 앞모습보다 차가운 뒷모습에 대해 조각조각 가난한 볕의 왕국에 대해서도 때마침 요란하게 방문이 닫히는 소리 뒤이어 부드럽게 울리는 발소리

k를 나누어놓았던 볕의 분기가 조금씩 옮겨가고, 우르르 참새 소리가 요란하다 고양이를 발견한 모양이지 누가 긁어놓은 듯하게 어떤 집들은 이른 불빛을 올리고 저녁을 준비한다 오늘도 아무것도 증명하지 못한 채 우리는 그러니까 나와 k는 어디랄 것도 없이 어두워지고 있었다

한겨울

그려놓은 창문같이 그런 사람이 있다 우리는 두 자루 연필 닮은 마음을 쥔 그런 사이가 된다 굴러가는 소리가 있다 오돌토돌하고 가볍다

귤락이던가 귤에 붙어 하얀, 별맛도 없이 자꾸 입에 넣게 되는 그런 시절이 있다 그런 시절 그런 사람의 일은 지우개인 양 지워지지도 않는다

그런 사람의 동그랗고 하얀 입김이 창문 위에 어려지는 것만 같다 그것은 지금 내가 그런 사람을 생각하는 한 방법

변하지 않겠지 미안하다는 마음이 든다 해도 그것은 한겨울 누가 누구를 찾다가 그려놓은 창문 앞에 서서 그런 사람이 되는 그런 계절

비가 온다 눈이었으면 좋았을 것이다 창문이 번진다 그런 사람도 젖어간다 지워지지 않았으나 서로 멀어져 가는 두 자루 연필처럼

그늘

기원을 생각하는 지금, 돋아나는 발음처럼 새겨지는
뜻을 읽어보았다

입술 위로 일어나는 도톰한 감촉처럼 방식이 되고 습
관이 되고 나는 조금씩 말라갔다

어둠이 물었다가 놓은 낮은 온도가 손끝을 맴돌아 자
꾸 두꺼워지는 주머니 속에 털어내듯 감추는 것처럼

어린 사람을 업는 듯 가고 가는 듯 떠내려가며 속인지
밖인지 생각도 못했다

떠오를 때마다 자라는 사람이 웃어 내겐 보이는 것이
없었다 가만히 손목에 손을 올리고 다 자란 사람이 나를
안아주었다 눈을 감고 고요가 되어가는 중이다 그랬다
그랬었다는 식으로

잊어버린 이야기

아이들은 모두 숨었네 어두운 거리가 나타날 때쯤 서 있는 그 사람이 나의 형이었으니, 울며 보채도 나타나지 않는 슬픈 인간이었네 모자처럼 장미처럼 맨발처럼 놀이의 흔적들을 비웃으며 홀로 있는 저 사람이 나의

그 겨울, 너무 혹독했네 난롯가에 모인 어른들은 우리를 돌봐주지 않아, 얼어붙은 창문을 만지면 태어나는 꽃과 이름과 도형들 너머로 분명히 보이던 그건 유령이란다 백 번의 밤을 보내면 너도 알 수 있겠지 눈 덮인 지붕에선 바람 꽂히고 밤새 나를 깨우던 창백한 환영

아직도 기억하네 오르막의 주인과 어떤 것도 팔지 않던 햇빛 거짓말은 거짓말처럼 자라나고 아이들은 이야기를 잃어버렸네 그림자처럼 깨지는 유리 뚝뚝 복도 위로 떨어지는 핏방울 벽에 그려진 나의 나신 불이 번지는 들판 엄마는 아직도 화가 나 있을까, 그래서 나는 내내 울고 싶은 걸까

그날의 무덤 위로 나비가 날아오고 채송화가 피어나네

누가 나를 데려간 걸까 꽃 속은 어두울까 형은 아직도 말을 배우는 중일까 더듬더듬 내가 아직도 말을 만지는 까닭은

직선의 소리

데려다 두고 놓아주지 않는
적막을 닮은 순간들이 있어
소곤대는 목소리를 그저
바라보는 수밖에 없고
찻잔이라도 내려놓을까
그런 일이 있기도 하다

그런 일은 외국의 바다처럼
잊히기보다 갈수록
더 파랗고 진해져서는
밀려왔다가 밀려가며
발밑 사람을 젖게 만든다

같이 앉아서 양손을 감추고
참 오래된 것 같네, 하고는
어둑해지는 두 사람의 시간이
한 사람의 사물로 변하기도 한다
나는 그것을 만지고 또 만져본다

바래져간다 마음이 당신이 아닌 것처럼
나와 아주 달라서 나란히 앉아도
마주 보게 되는 그런 일도 있었다
그럴 때 나는 참 가늘다 어떤 날은
직선의 소리가 되기도 하는 것이다

그리고 사람이 태어났다

社員

모를 것이다
오늘 밤 이 사무실엔
세 사원이 남아 있고
각자 자리에 앉아
무언가 밀어내고 있다는 것을
그게 문서나 영수증이 아니라
스탠드 불빛이거나
자꾸 멈추려드는
싱거운 그림자임을 이따금
쉬운 것들이 손가락 끝에 닿아
아프다는 것을 그래서,
책상에 머리를 박고
오래전 유행가를 듣고
편지를 쓰고 있는 것임을
시시각각 달라지는 것에는
그만한 이유가 있고
더 큰 이유가 있고
아무런 이유도 없는 것임을
그렇게 비가 그쳐가고 있음을

밤에도 잎들은 반짝이고
오지도 않고 계절이 가고 있음을
태어나거나 죽는 것들로
중력은 가끔 힘을 놓는다는 것을
그 때문에 밤은 어둡고
낮은 환해진다는 사실을
겨우 불빛 다 꺼지고
어떤 온기도 남지 않아도

새처럼 용수철처럼 일요일처럼

담벼락에 기대 선 두 사람이 있다
한 사람은 모자를 한 사람은 달력을 닮았다
그들은 대화를 나눈다 그들의 손이 움직인다
새처럼 용수철처럼 일요일처럼
손목에 걸린 우산처럼
그들의 대화는 흔들리고, 들리지 않는다
새처럼 용수철처럼 일요일처럼
모자를 닮은 한 사람이
달력을 닮은 다른 사람을 넘겨보지만
그것은 그냥 人間에 대한 질문 그러나,
달력의 뒷면이 모자에 닿을 때
그것은 퍽 쓸쓸한 풍경이다
때마침 가을에서 겨울로 넘어가는 계절
일 년이 몇 장 남지 않은 장면에서 놀라는 우리처럼
담벼락에 기대 선 두 사람은 대화를 멈춘다
우산을 펼쳐 든 사람들처럼 손을 꼭 잡는다
새처럼 용수철처럼 지나가버릴 일요일처럼
이상하지 않게 새처럼 용수철처럼 일요일처럼

생활

　나와 의사는 오래 알고 지냈다 십오 년쯤 되었을 것이
다 나는 사소함을 견디지 못하고 자주 이 병원을 찾는다
진료실 문을 두드리는 건 내가 아니라 하나뿐인 간호사
다 그녀에게선 옥상의 담배 냄새가 난다 나는 거리에서,
몇 번인가 그녀와 마주친 적이 있다 의사는 아직도 종이
로 만든 차트를 사용한다 그 종이에는 지난한 나의 지난
병력이 적혀 있을 것이다 몇 단어 되지 않을 나의 통증을
그는 심각하게 더듬고, 그럴 때마다 나는 간호사의 허연
낯빛을 떠올리며 기침을 참는다 어디가 아프냐고요? 모
르겠습니다 나는 모르고 있어요 의사는 차트에 적는다
그것이 무엇인지 나는 묻지 않는다 문을 열고 나오면 커
다란 창문 너머로 그날그날의 날씨가 펼쳐지는 것을 알
고 있기 때문이다

벌목

벌목이 찾아왔다 숲은 떨었다 염소들은 거침없이 울었다 나는 너의 이름을 썼다 지웠다 썼다 지웠다 적을 곳이 남아 있지 않을 때까지 별은 뜨지 않았다 나무들은 울음과 울음을 옆으로 밀며 울타리를 이루었다

아래에서도 위에서도 벌목은 소문만 무성하였다 그래도 숲은 떨었고, 염소들은 말뚝을 자랑스레 끌고 다녔다 나는 너의 이름을 쓰지 못했다 헷갈렸기 때문이다 그러다 결국 잊었기 때문이다 별은 아직도 뜨지 않았다

장화 아래 노란 꽃이 피었다 꽃은 뭐라고 불러도 꽃이다 색은 이따금 뒤바뀌기도 하지만 얌전하다 나는 얌전한 것들을 만지기 좋아한다 너의 가슴처럼 슬픔은 한 손에 잡히지 않는다 꽃이 죽는 데에는 그리 오랜 시간이 걸리지 않을 것이다 꽃은 꽃이지만 색은 색이 아니므로 한 계절이 지나가고

햇볕이 허리부터 젖어가는 계절이 찾아왔다 할 말처럼 지워지고 꺼내 보는 거친 손처럼

계절은 밑동만 남긴 채 쓰러져버리고 잠마다 꿈마다 구멍이 뚫린 그것을 별이라고 말할 수 있을까 모든 것은 소리를 내며 쓰러졌지만, 아직 아무 때도 아니었다 너의 이름을 썼다가 지운 자리마다 나무가 자라고 빽빽한 울음들이 가득했으나 아직 아무 때도 아니었다 지난 염소들은 말뚝으로 남았다 별만이 별을 삼킨다 그래도

공포

비가 날리고 있다 가루처럼
밤의 사방에 달라붙고 있었다
더는 커다래질 수 없는 수레의 곁에서
나는 우산을 거두고 어깨를 털어내듯
생각한다 어둡다 어제보다 더
가지들은 보이지 않고
잎사귀에선 오래전 떨어진
꽃잎 말라가는 소리
서가에 가득 들어찬
책등의 나열처럼 나는
이 순서가 참으로 무섭다
열리지 않으려는 세계와 마침내
열어젖히는 세계의 반목이
당연한 태도로 도착하고 있구나
산산이 젖어가고 있다 더는
두려워하지 않으려 하지만
여기서부터 어디까지일까
밤을 잊은 회계사의 멀어가는 눈처럼
알 수 없는 것을 붙들고 지우며
이 밤은 천천히 아주 천천히

마음

── 이 이야기는 夏目漱石의 소설과 포개어진다

네가 떠나간 뒤로 눈이 쏟아진다 나는 겉봉을 뜯지 못한 편지처럼 남아 소설을 읽고 있다 *내가 읽는 소설 속에서는 두 남자가 겨울의 공원을 산책하고 있어 그들은 반목하고 있는 중이야 우리에게도 그런 적이 있었지 한 사람을 두고 나란히 걸어가는,* 그 속내 위로는 아무것도 내리지 않는다 밤을 맞이한 삼나무 숲처럼 아무런 말도 없이 *두 남자의 산책은 어디서 끝나게 되는 것일까 그리하여 마침내 어두운 빛에 의지해 "등줄기에 한기가 들러붙는 느낌"을 적는 것은 누구의 글씨일까* 이제 나는 책을 덮으려 한다 눈이 굵어져갈 창밖을 보기 위해 보다 아래로는 깊은 바람이 길을 만들며 지나가고 몇몇은 웅크린 채 옷을 여밀 것이다 그리고 나는 부탁하려 한다 이 모든 일의 결말을 어딘가로 걷고 있을 너에게

內裏

　줄어들지 않는 그림자가 늘어나는 내의를 입은 그림자
가 그러니까 그가 아니면 그녀가 태엽 소리처럼 걸어가
고 있다 비어가는 우유팩처럼 남은 우유가 아니라 우유
가 있었던 자리처럼 그림자가 그러니까 그가 아니면 그
녀가 고양이가 어떤 짐승이 짐승의 유령이 태엽 소리처
럼 째깍거리며 걸어가고 있다 복도를 골목을 창틈을 지
붕을 비가 내리고 비를 피할 곳을 그러다 그쳤고 그러니
우산이 없이 쏟아져 머물다가 낮은 곳을 찾아 흘러가는
우윳빛 액체처럼 색은 없는 채로 그림자가 일 초 일 초
다시 일 초 마침내 이일 초오가 되는 시간을 향하는 그림
자가 테두리가 뚝 멈춰 서서 걸어가고 있는 줄어들지 않
는 그림자가 그를 그녀를 살아 있는 것들을 찾아 흐려지
는 그림자가 이상하게 이상하게도 걸어가고 있다 끊어지
지 않고 늘어날 수도 없이 그는 그녀는 아니 누구지 누구
지 그림자가 복도 끝에서 골목 끝에서 창문을 소리 나게
닫고 지붕이 아닌 다른 이름들을 밟으며 살금살금 걸어
가는 그림자는

到着

　구름이 해를 가리고 마침내 비가 내리는, 이야기라기
엔 비좁고 사연이라기엔 주어가 없이 가로지른 목책 아
래 울음을 씻느라 뒤도 돌아보지 못하는 개울은 마을까
지 내려갔다가 잠시 사라진다 廢屋의 사람들은 그 물로
밥을 지어 일가를 이룬다 이따금 휩쓸려 떠내려간 이도
있을 테지만, 지나간 일은 탄식도 비명도 내놓지 않는다
어떤 날은 그늘도 없이 일사에 시달리고 오한이 짚어주
는 이마가 차가워 칭얼대는 어린아이와 마당을 비운 가
족들과 짖지 않는 개처럼 왕래하지 않는 저녁과 밤 나는
아무것도 건너지 못하는 사람이지만 망설이지 않았던 적
이 있었던가 그러니 어디쯤에서 어딘가로 곧 도착할 것
이다 이곳이 아닌, 좀더 숲에 가까운 창 쪽으로 몸을 붙
인 옆자리 여자는 잠을 깨려들지 않는다 덮은 것도 없이

소식

젖어 있는 층계를 따라 오르다가 그제야 눈이 내렸다
그랬지 떠올랐다 밖을 봐도 흔적이 없다 조금씩 젖은 바
닥과 움츠린 어깨 몇몇이 보이고 그러다 말뿐이다 市內
에는 제법 내렸다고 어딘가 쌓인 곳도 있을 거라고 그랬
다 그랬구나 봄이 오면 섬으로 옮겨 가 살겠다던 이가 있
었다 그에게도 눈이 쌓였을까 나는 그에게 꽃말처럼 몇
자 적으려다가 그만두었다 보탤 말도 없이 어쨌든 섬에
는 대단한 것들이 내리고 꽃이 꽃처럼 가만히 갑작스레
그렇지 않겠는가 오고 가고 닿기도 직전에는

아침

눈을 떴을 때 비가 내리고 노란 우산을 쓴 것이 분명한 여자가 걸어가는 것이다 이런 아침엔 더듬으며 자취를 감추는 것들뿐이어서 빗자국 위로 빗물이 흐른다

식탁 위엔 함께 식어가는 아침이 있을 것이다 마른 천을 더듬어 몇 개의 주름을 만드는 것처럼 네 개의 의자를 놓아 네 개의 기척을 만드는

둘러앉는 사람도 없이 이런 아침엔 더 움직일 수가 없지 흐린 거리 바지를 걷는 사람들 맺힌 생각 위로 비가 떨어지고 있으니 아기 길고양이처럼, 지붕이 없는 상상을 하고 있는 중이다

수십 겹 덧대진 것들의 운명처럼 이런 아침은 반복된다 투명의 속으로 누가 손을 밀어 넣고 있다

봄

겨울이었다 언 것들 흰 제 몸 그만두지 못해 보채듯 뒤척이던 바다 앞이었다 의자를 놓고 앉아 얼어가는 손가락으로 수를 세었다 하나 둘 셋, 그리 熱을 세니 봄이었다 메말랐던 자리마다 소식들 닿아, 푸릇하기만 한 것은 아니었다 그제야 당신에게서 꽃이 온다는 것을 알았다 오는 것만은 아니고, 오다 오다가 주춤대기도 하는 것이어서 나는 그것이 이상토록 좋았다 가만할 수 없이 좋아서 의자가 삐걱대었다 하나 둘 셋, 하고 다시 열을 세면 꽃 지고 더운 바람이 불 것 같아, 수를 세는 것도 잠시 잊고 나는 그저 좋았다

잠시 당신이 있던 풍경이 말해주는 것

김나영
(문학평론가)

이야기의 시작

'나'라는 자기 호명을 쉽게 여기지 않는 사람을 만나면 반갑다. '나'는 본인을 이르는 말이기 이전에, 자신이 어떤 인간관계와 세계에 속해 있는지를 전제하는 호명이기 때문이다. '나'를 조심스럽게 말하는 자는 너, 당신, 우리, 그리고 그렇게만 이를 수 없는 상대들을 대할 때 역시 그렇게 한다. 일인칭 개별자의 입장에서, 지극히 주관적일 수밖에 없는, 수많은 조건에 가로막혀 가장 협소할 수밖에 없는, 그런 자리에서 너를 부르고, 당신을 생각하고, 우리를 상상하는 것은 너무나도 당연한 일이다. 그럼에도 '나'라는 자기 호명을 너무나 가볍게 여

기는 나머지 자주 생략해버리는 말들이 세상에는 넘친
다. '나'의 생각과 상상과 계획과 행동을 손쉽게 삼인칭
의 그것으로 돌리고 자신이 감당해야 하는 의무나 책임
의 무게에 둔감해 보이는 일인칭의 범람에서 읽을 수 있
는 것은 사족과 빈껍데기뿐인 말들이다.

그런 말들에 다소 지친 독자에게 유희경의 이번 시집
은 오래 기다렸음 직한, 너무도 반가운 문장일 것 같다.
첫번째 시집에서 선보인 잠언 투의 문장이나 자신의 불
행을 고백하는 용기로 성취해낸 아름다운 비극의 장면
들은 그대로이되, 그때의 가정假定들 가운데 몇 개는 스
스로 빛나는 결정結晶이 되어 돌아왔다. 가령 줄거리만
으로 요약된 소설의 한 부분이거나 이제 막 시작하거나
마치는 연극의 지문 한 페이지를 보는 듯한 이야기적 면
모는 유희경 시의 한 특징이다. 소문처럼 떠돌던 이야기
들은 시간의 더께를 입고 조금은 덜 가벼운 무게를 가진
이야기가 되어서 다시금 이야기의 주인을 찾아 그의 마
음속에 내려앉고 깊이 박혀들기도 했을 것이다.

이야기는 그런 거야
이야기는 이렇게 되는 거지
울어버리고 난 다음의 감정처럼
지워지지 않는 감정인 거지 혹시
지금 네가 서운해졌다면

생선의 가시처럼

투명하고 비릿한 것이

목울대를 자꾸 찔러대고 있는 기분이라면

너는 제대로 들은 거야 하고 생각했으나

더는 말하지 않았다 나도 알 수 없었기 때문이다

　　　　　　　　　　　　──「어깨가 넓은 사람」 부분

　유희경의 시에 유독 이야기에 관한 진술이 자주 등장하기 때문이기도 하지만, 앞서 말했듯 '이것은 이야기다'라고 선언하지 않아도 대부분의 시가 거대한 이야기의 한 부분처럼 읽히는 속성이 깃들어 있기 때문에 그의 시를 읽다 보면 자연히 하나의 이야기가 발생하는 원인과 과정, 그리고 결과에 대해서 생각해보게 된다. 그리고 곧장 이런 결론에 이르게 된다. 이야기에서 중요한 것은 이야기 자체라기보다는 때로는 이야기를 매개로 해서만 만날 수 있는 관계라는 생각 말이다. 사람들이, 나와 네가 이야기를 나눌 때에는 서로 간의 사이를 이야기로 엮고 메워서 함께하는 그 시간을 또 다른 이야기로, 새로운 사건으로 만들고자 하기 때문이 아닐까. 이때 결코 끝나지 않는 이야기는 다시 말해 순조롭거나 그렇지 않거나 계속 이어지는 어떤 관계와 그 관계를 둘러싼 시간의 다른 표현인지도 모른다. 물리적인 만남과 거리감은 시시각각 변화하면서 즉각적인 감정들을 만들어내겠지만, 이야기는 심리적인 만남과 거리감을 통해서 "지워지지 않는 감정"을 남기는 중이다.

그런 감정을 지닌 자들은 모두 외롭다. 유희경의 시는 대부분 일인칭 화자의 독백처럼 씌어졌는데, 그 와중에 화자는 거듭 '자신 없음'을 고백하기도 한다. (옮겨 적고 보니 어깨가 넓은 한 사람의 형상을 한) 인용 시에서 '나도 알 수 없다'는 진술이 반복되고, 이외에도 다수의 시편에서 화자는 자신의 무지 내지는 자신 없음을 표현한다. "아무것도 모르겠어 이제"(「지난날의 우주와 사다리와」), "아무것도 적지 않기로 한다 나는 그것을 보지 못하였다"(「무사」), "나는 한 번 더 설명을 해주고 싶었지만 개연과 부연이 뒤엉켜 우리는 고요해졌고"(「농담」), "지금이 前生이지 나는 아무것도 적지 못하겠네 가는지 오는지 더듬어도 없는 흔적이어서"(「안과 밖」), "어디가 아프냐고요? 모르겠습니다 나는 모르고 있어요"(「생활」)라고 말할 때, 각 화자들이 처한 상황이야 저마다 다르지만 비슷하게도 이들은 자신을 내세우지 않고, 자기를 둘러싼 일들에 대해서 도무지 확신할 수 없는 처지를 체념 조로 고백한다. 이 고백에 주목하자면 유희경의 시에서 중요하게 다뤄져야 할 것은 무엇도 속 시원히 말하지 못하는(그것이 아포리즘의 일종이라 하더라도) 화자의 태도와 거기에서 비롯된 시의 형식이 아니라, 머뭇거리며 자신의 이야기 속에서 자신을 거듭 지우는 방식으로

채워지는 시의 내용이다. 요컨대 유희경의 시는 나의 이야기가 씌어지는 방법에 대한 또 다른 이야기라고 하겠다. 이것을 모름에 대한 앎의 기록이라고 달리 말할 수 있을까. 이 화자가 외롭고 고독하게 느껴지는 이유는, 이 기록을 통해 자기 자신을 철저하게 파헤치고 그로써 자신의 가장 깊숙한 내부를 봐버렸기 때문일 것이다.

화자의 시선이 세계 쪽을 향할 때, 시의 진술은 그 세계의 실상이나 그와 갈등하고 불화하는 화자의 감정을 드러내기 쉽다. 반면 화자의 시선이 자신 쪽을 향할 때, 시의 진술은 세계의 실상과 그에 대한 자신의 감정을 다소 간단하게 처리하면서 그럴 수밖에 없는 자신의 처지를 설명하는 방식으로 씌어진다. 유희경의 시를 신뢰하게 되는 지점이 여기에 있다. 그는 이야기의 구조를 간파하고 있는 것처럼 보인다. 이야기는 무릇 모든 개인의 내부에서 솟아나는 것이고, 그 이유는 이야기가 구체적인 사실에 대한 것만으로 이뤄질 수 없기 때문이다. 어떤 일이 일어난 자리에 있던 모두가 공평하고 분명하게 확인한 결정적인 사실은 이야기가 될 수 없다. 오히려 이야기는 사실이 전달하지 못하는 지점, 사실의 결핍에서 생겨난다. 가령 사실이 사로잡지 못하고 흘려버리기 십상인 미끄러지는 감정 같은 것. 유희경 시의 화자에게 이야기는 "울어버리고 난 다음의 감정"(「어깨가 넓은 사람」)에서 발생한다. 펑펑 울고 나면, 흘린 눈물의 양과 운 시간에 비례해서 삭감되는 것이 감정이라면 이 세상에 슬픈 사람은 단 한 명도 없을 것이다. 슬픔은 울음으로 지울 수 없고, 울음이 도리어 또 다른 슬픔을 우는 사람의 내부에 얼룩처럼 남기기도 한다. 이처럼 감정은 또 다른 감정으로 형태와 빛깔을 바꿀 뿐 완전히 사라지지 않는다는 점에서 이야기와 닮았다. 유희경 시의 화자가 들려주는 이야기의 속성이 이와 같다. 감정이 또 다른 감정이 된다는 확인은 이야기가 또 다른 이야기로 기억되거나 기록되며 끝없이 계속된다는 닮음에서 유추할 수밖에 없고, 그것을 아는 시인은 이야기하는 화자를 통해 타인의 감정을 자신의 이야기로 이어가는 무모함을 기꺼이 감수하기도 한다.

그래서 그다음은 어떻게 됐어
네가 물어보았을 때 나는
어깨를 으쓱하고 말았다
나도 알 수 없었기 때문이다
이야기란 그렇다
도무지 끝나질 않고
매번 시작되기만 하지
그래서 나는 네게
부루퉁한 표정의 네게
한 사내에 대한 이야기를

해주기로 마음먹었다 방금

고등어구이를 먹고

고등어구이집을 빠져나온

가시가 걸린 기분이 가시지 않는데

실제로는 그렇지 않은 게 분명한

한 사내에 대한 이야기

　　　　　　　　　—「어깨가 넓은 사람」 부분

　앞서 어떤 일(이야기)이 있었고 '너'는 "그다음"을 묻는다. 너의 물음은 이야기의 종결을 추궁하는 것이고, 나에게는 준비된 대답이 없다. 나에게 이야기란 "매번 시작되기만" 하는 사건이기 때문이다. 마치 네가 나에게 내가 모르는 일에 관해 따져 묻듯이, 이야기는 예상치 못한 상황이 발생해서 거듭 새롭게 생겨나는 무엇이다. 나는 내가 모르는 그것을 묻는 너의 기분 내지는 감정을 상하게 하지 않기 위해 하나의 이야기를 궁리한다. "한 사내에 대한 이야기"는 너에게 들려주기 위해 "방금" 지어낸 이야기이자, 막 지어낸 이야기를 너에게 들려주는 나의 이야기이기도 하다. 이야기는 나나 너와 무관한 제삼의 사건이 아니라, 그 속에 이야기를 듣는 사람과 들려주는 사람의 기분이 가시처럼 박혀 있는 것이다.

　유희경 시의 화자가 "그래서"라는 접속을 통해 계속해서 말할 수 있는 이유가 여기에 있지 않을까. 하나의 이야기를 거듭 시작할 수 있다는 믿음은 나와 당신 간에 생겨난 기분 내지는 감정이 완전히 지워지지 않고 새로운 것으로 생겨날 수 있다는 믿음이기도 하다. "알 수 없는 것을 붙들고 지우며"(「공포」) 나는 어떤 기분의 너를, 어떤 감정을 가진 너를 기다린다. 내가 "더듬더듬 내가 아직도 말을 만지는 까닭"(「잊어버린 이야기」)을 따져보는 일은 곧 너와의 다른 시작을 생각하고 있기 때문이다.

나는 말한다, (당)신이 있다

유희경의 시집을 읽는 또 하나의 방법으로 제목을 오래 바라보고 그것을 이루는 단어들의 의미와 그 의미들이 연달아 놓임으로써 새롭게 만들어내는 의미를 오래 곱씹고, 마침내 마치지 않은 말의 다음을 상상하기를 추천한다. "우리에게 잠시 신이었던" 것은 무엇일까. 시인의 말에서 힌트를 얻어볼 수도 있지 않을까. 시인은 이 시집을 엮으며 시집의 입구에 "나타나지도 않았고/사라지지도 않는/우리들의 옛 마음에게"라고 적어두었다. 당겨 말하자면, 나타나지도 않고 사라지지도 않는 것은 어떤 불가피함에 관한 기록이다. 확실히 드러내 보일 수 없기에 다른 누구와도 공유할 수 없는, 그러나 자기 자신에게는 무엇보다도 분명한 삶의 빛과 결이 그런 불가피함을 이룬다. 나에게는 확연한 것들이 당신에게는 아예 없는 것이 될 수도 있을 때, 그처럼 마주하고 있으나 완전한 만남이 불가능하다는 것을 경험할 때 특별한 '마음' 하나가 생겨난다. 이 불가피한 마음이 유희경 시의 핵심이라고 해도 과언은 아닐 것이다.

시인의 말을 빌려 '마음'이라고 받아쓰긴 했지만 이것은 간단하게 말할 만한 대상이 아니다. 내 것이었을 때는 그 이외에 다른 적당한 이름을 찾을 수 없는 것이어서, 타인의 것이었을 때는 도무지 무엇인지 이해할 수 없는 것이어서 마음은 언제나 쉽게 용납하기 어렵고 복잡하다. 때문에 흔히 여러 가지 느낌이 뒤섞여 알 수 없는 상태로 있을 때, 그들을 굳이 분별하거나 분리하지 않은 채로 함께 넣어둔 통에 뚜껑을 닫아 마음이라고 부르기도 한다. 즉 개인의 알 수 없는 심리적 상태의 총체를 마음이라고 한다면, 그 상태는 또한 시시각각 변화하는 것이어서 어떤 말로도 설명하기가 더욱 어려워진다. 그럼에도 유희경의 이 시집은 그것을 언어로 최대한 포착해내려 한다. 이 시도에는 포착의 내용이 몇 가지 있으니 그것만으로도 큰 성취이겠지만, 그와 동시에 마음을 포착하려는 데에 따르는 또 다른 마음의 상태가 있다는 것을 보여준다는 점에서 더욱 의미가 있다. 유희경의 시는 정체가 불분명한 소리, 되짚어 확인할 수 없는 잔상, 주인 모를 그림자 같은 것이 한순간 분명하게 나타나서 누군가에게는 전신을 휘감는 듯한 전율을 동반하는 감각을 발동하게 하지만, 그다음 순간에는 언제 그런 게 있었냐는 듯이 허무하게 사라져버리고 마는 과정을 포착한다. 지극한 일상 가운데에서 부지불식간에 마주하게 되는 불가피한 느낌, 그 느낌들이 누군가의 내면에 만들어놓은 자국들이 시인에게는 마음을 이루는 것이다.

그 마음은 어째서 '나타나지도 사라지지도 않는' 것일까. 우선 시인에게는 그런 불가피함이 시인으로서의 정체성을 지속하게 하는 것이라고 여겨졌을 것이다. 그런 여김은 간단하지 않다. 시인은 그것들로부터 자신의 존재를 증명받는다고 믿고, 그 믿음으로 하여금 시를 쓴다. 알 수 없는 것, 불가피한 것들의 침해를 애써 피하지 않고 받아들이는 마음이야말로 시인의 믿음이다. 꺼내어 보여줄 수는 없지만, 무엇보다도 확실하게 자신을 자신이게 하는 느낌들이나 마음의 상태가 있고, 그것의 있음에 대한 믿음이 지속될 때 시 쓰기 역시 계속될 수 있었을 것이다. 시인으로서 자신을 존재하게 하는 힘, 그것에 대한 믿음이 '신과 다름없었던' 게 아니고서는 무엇이겠는가. 나를 나라고 말할 수 있게 하는 믿음은 시인의 경우에 자신이 어떻게 시인으로 존재할 수 있는지, 무엇이 자신을 계속해서 시인으로 살아가게 하는지를 거듭 묻고 대답하고 고쳐 묻는 와중에 마련된다.

한편으로 이 구절은 '(당)신과 다름없었던'으로도 읽을 수 있을 것 같다. 이번 시집은 모두 세 부部로 구분되는데, 의미심장하게도 각 부의 첫 시의 제목은 "우리에게 잠시 신이었던"(Ⅰ, Ⅱ), "우리에게 잠시, 신이었던 것들"(Ⅲ)이다. 같거나 조금 변주된 제목 아래 씌어진 세 편의 시를 읽어보는 것으로, 시인에게 '나타나지도 사라지지도 않는 것' 즉 신과 다름없었던 것의 정체를 확인할 수 있을 것 같다. 시인에게 '신'의 정체는 무엇보다도 '당신'이라는 것을 말이다.

　　어떤 인칭이 나타날 때 그 순간을 어둠이라고 말할 수 있다면 그 어둠을 모래에 비유할 수 있다면 어떤 인칭은 눈빛부터 얼굴 손 무릎의 순서로 작은 것이 무너져 내리는 소리를 내며 드러나 내 앞에 서는 것인데 나는 순서 따위 신경 쓰지 않고 사실은 제멋대로 손 발 무릎과 같이 헐벗은 것들을 먼저 보고 생각하게 되는 것이다 인칭이 성별과 이름을 갖게 될 때에 나는 또 어둠이 어떻게 얼마나 밀려났는지를 계산해보며 그들이 내는 소리를 그 인칭의 무게로 생각한다 당신이 드러나고 있다 나는 당신을 듣는다 얼마나 가까이 다가왔는지
　　　　　　　　　　─「우리에게 잠시 신이었던」(p. 9) 전문

시에서 나에게 '당신'은 "순서 따위 신경 쓰지 않고

사실은 제멋대로" "그들이 내는 소리"를 통해서 감지되는 존재다. 당신이라는 이인칭은 나뿐만 아니라 내가 속한 세계의 모두에게 동일하게 나타나는 존재를 지시하는 이름이다. 때문에 당신의 생김새와 목소리와 행동 등 당신을 당신이라고 부름 직한 특징들을 마음만 먹으면 충분히 구체적이고도 객관적으로 묘사할 수도 있을 것이다. 하지만 나는 '제멋대로'의 방식으로 당신의 속성을 계산하고 생각하고 감각한다. 그렇게 나는 나에게 당신이 생겨날 때, 즉 "어떤 인칭이 나타날 때 그 순간을 어둠"이라고 부른다. 빛이 없는 때, 가시적인 판단이 통하지 않는 맹목의 순간 역설적으로 나는 당신을 본다.

그렇지 않은가. 당신이 "성별과 이름을 갖게 될 때", 구체적인 사회적 질서를 덧입게 될 때 당신은 더 이상 '나의' 당신이 아니게 된다. 당신에게서 걷힌 어둠이 당신을 좀더 잘 알 수 있게 하는 게 아니라, 도리어 당신을 당신이게 하는 속성을 나에게서 거두어 간다. 당신은 더 이상 나에게 당도한, 나에게 당면한, 나의 당신이 아니라 누구나 부를 수 있는 삼인칭의 존재가 된다. 그런 당연한 과정이, 이 세계의 '순서'가 나에게서 당신을 앗아가는 느낌이 누구에게나 적어도 한 번씩은 있었을 것이다. 당신은 적어도 나에게 있어서 유일한 존재, 또 다른 존재로 대체할 수 없는 것이어서 당신의 다가옴과 멀어짐, 드러남과 무너짐이 해변의 파도처럼 어쩔 수 없는 움직

임에 의한 것이라고 인정하여도, 나의 마음은 모래로 만든 것인 양 "작은 것이 무너져 내리는 소리"를 내며 그런 당신을 본다.

유희경의 시에서 일차적으로 당신은 이인칭이라는 호명의 양상을 통해서 모두에게 있음 직한 누군가를 상기하게 하지만, 곧장 저마다의 당신이 똑같은 이인칭으로 호명되는 일의 불가피함과 불가능을 일깨우는 정반대의 기능을 생각하게도 한다. 당신이라는 말은 얼마나 신기한가. 이 세상에 사람이 머릿수만큼 있다고 말할 수 없는 이유가 당신에게 있다. 한 사람은 적어도 한 사람 이상의 당신을 알고 있고, 그 당신들 역시 마찬가지다. 게다가 거듭 늘어나는 당신의 세계에는 영원히 사는 사람들만 있다.

파기와 쌓기의 중간쯤 손등이 枕木처럼 놓여 있구나 나는 손으로 그것을 덮었고 따뜻했으니 당신이 나일 수 있다는 것을 생각한다

무너진다 덮은 것은 단 하나의 음악처럼 무너진다 무너진다 못을 두들겨 불꽃을 만드는 노동자의 어깨가 기차를 끌고 다른 곳으로 달려가는 어린아이의 울음이 아무도 읽지 않은 위대한 시가 무너지며 깜깜해진다

눈을 감은 채 바라보는 빛은 사람의 내부 무너지지 않
는다 친절과 동정과 우울 아래 흔들리는 것들 무너졌다 어
둠의 아내가 운다 깊고 푸른 소리가 들려온다 그렇게, 무
너진다 잠시 동안 종말이다 무덤의 깊고 서늘한 눈동자 당
신이 버려놓고 태어날 그때의 자국 당신과 당신과 당신을
낳은 우리들의 그림자에게는 당연한 일이지

깊은 바닷속으로 가라앉고 있는 중이다 영원히, 영원이
라는 것이 있다는 바로 그곳이다 가라앉고 있다 나도 당신
도 아니고 우리의 중간쯤에서 어딘가로
　　　　　　　　　　—「우리에게 잠시 신이었던」(p. 45) 전문

이 시에서 당신은 나에게 거듭 무너지고 가라앉는 모
습으로 왔다. 두꺼비 집을 만들 듯이 한 손이 놓인 위로
다른 한 손이 모래를 쌓는다. 그 손에 의해 모래가 깊게
파일수록 모래는 높게 쌓이고 또한 오래 무너진다. 나는
그것을 모르지 않는다. 나에게는 허물어질 것을 알면서
도 거듭 쌓아 올리는 마음이 있고, 그 마음의 내부에는
당신을 떠올리게 되는, 당신이 누워 있을 것만 같은, 당
신이 누워 있었으나 지금은 없는 자리와도 같이 느껴지
는 허방이 있다. 두꺼비 집처럼 내가 당신을 만나기 위
해 쌓아 올리는 것은 봉분 같은 마음의 모양이기도 하지
만 동시에 그 내부의 깊이와 온도와 명도를 알 수 없는

허방 같은 마음의 내용이기도 하다.

이 마음의 모양과 내용을 들여다보면 그것을 둘러싸고 있는 것은 분명한 경계를 가진 사람이나 사물이다. 그보다 빛, 소리, 촉감, 어떤 자국, 그림자처럼 엄연히 존재하지만 그 형태가 시시각각 생겨났다가도 무너지는 종류의 것들이 주변을 이루며 허방과도 같은 마음을 쌓는 중이다. 무너지는 것들이 쌓는 마음을 어떻게 이해할 수 있을까. 그 마음이 부르는 것 가운데에는 두꺼비 집을 지으며 부르는 구전동요의 한 구절에서처럼 '헌 집 줄게 새 집 다오' 하는 기원이 들어있지 않을까. 당신이 머물렀던 자리는 결코 삭제되지 않고, "영원히" 부너지고 가라앉기만 할 뿐이며 그 와중에, 그 무너짐이 예비하는 어떤 "내부"가 생겨날지도 모를 일이다. 새 집을 기원하는 마음은 가라앉으면서도 당신을 영원히 떠올릴 수 있다는 믿음과 다르지 않다.

각 부의 맨 처음에 배치되었던 동명의 제목은 마지막 부에 와서 조금 바뀐다. "우리에게 잠시 신이었던"은 "우리에게 잠시, 신이었던 것들"이 되는데, 쉼표와 복수 명사를 의미하는 '들'이 추가된 것의 의미를 알아차리는 것은 크게 어렵지 않아 보인다.

1
그것은 거기에 있었다

[……]

6

기억의 들판이 불러오는 회한이여

회한의 돌풍이여 날아드는 마른 가지여

가지가 내어놓는 마른 불꽃이여

불의 혀가 삼켜, 천천히 가라앉는

당신이여 당신이 말하는 기적이여

어디에도 없는 기척이여 사막 같은

슬픔이여 나는 울고, 울다 버려졌으니,

—「우리에게 잠시, 신이었던 것들」부분

'잠시, 신'이었던 것은 유일하지 않다. 앞서 본 바대로 시 속에서 화자가 부르는, 혹은 감각하는 모든 당신이, 혹은 당신의 모든 부분이 화자에게는 '신'이 될 수 있다. 다시 말해 유희경의 시에서 신은 어떤 초월적인 지위에 놓인 유일한 존재라기보다는, 개인의 구구절절한 삶 속에 구체적인 경험과 기억을 매개로 스며들어 있는, 일상적인 차원을 담당하는 존재처럼 보인다. 흔히 '당신'이라고도 달리 부를 수 있는 대상인 그는 가족이거나 연인이거나 친구이거나 그저 한두 번 스쳐 지나간 타인일 수도 있다. 때로 당신은 길가 꽃나무이거나 꽃나무 위로 날아가는 새이거나 바람 소리일 수도 있다. 요컨대 신은 화자가 "그것은 거기에 있었다"고 진술할 수 있을 만한 모든 대상의 다른 이름이다.

그렇다면 '신'이라는 호명에 전제된 믿음의 문제는 어떤가. 위에서 인용한 시에서 힌트를 얻어보면 신, 혹은 당신이라는 부름을 가능하게 하는 믿음은 "당신이 말하는 기적"을 수긍하는 마음이라고도 달리 표현할 수 있다. 이 기적은 비가시적("어디에도 없는")이며 경계 없는 지평 위에 막연하고 메마르게 펼쳐진("사막 같은") 감정이다. "슬픔"이나 울음이나 버려짐 등의 말들이 암시하듯 이 감정은 화자에게도 부정적으로 여겨지는 것이나, 정작 주목해야 할 것은 그럼에도 화자가 이를 있는 그대로 받아들인다는 점이다. "회한의 돌풍"과 "마른 불꽃"이 내재한 이 감정의 내부는 너무나도 위태로우나 화자는 이 안에서만 통용되는 말, 혹은 이 감정을 통과해서만 부를 수 있는 말, 즉 '당신이 말하는 기적'을 얻기 위해서 '거기에 있기'를 감수한다. 화자는 당신을 부름으로써 기적을 체험하고, 당신이 말하는 기적을 수긍함으로써 당신을 부를 수 있는("당신이여 당신이 말하는 기적이여") 무한대 모양의 믿음 속에 기거하고 있다.

첫 시집 『오늘 아침 단어』(문학과지성사, 2011)의 해설 「최초의 감정」에서부터 유희경 시의 '당신'은 주목되었다. 해설자 조연정은 "나는 사랑하고 당신은 말이 없다"(「내일, 내일」)라는 구절을 이 시집을 통틀어 가장 인상적인 문장이라 꼽으면서 이 문장에 대한 섬세한 해석을 더한다. 요컨대 이 문장은 결국 사랑의 보편적 불가능성에 대한 진실을 암시하고 있다는 것이다. 사랑이 매개할 때, 나와 당신은 영원히 만나지 못하고, 거듭 어긋나고 잃어버리고 미끄러지는 와중에 서로를 찾아 헤매게 될 뿐이다. 첫번째 시집에 실린 시편들에서 그와 같은 사랑의 본래적인 속성은 굳이 설명하고 논증할 필요가 없을 정도로 자연스레 진술되고 묘사되었다는 것을 이미 확인한 독자들에게 이번 시집에서 당신과 사랑(기적)의 쓰임은 그 자체로 유희경 시 세계의 변곡점으로 보일 것이다. 이번 시집에서 사랑은 더 이상 나의 행위를 설명하는 동사로 쓰이지 않는다. 지난 시집에서 사랑이 마치 내가 당신에게 던지는 물음이나 제스처, 즉 어떤 대답이나 반응을 기대하고 행하는 것처럼 씌어졌다면 이번 시집에서 사랑은 '당신의 말'이 되어 씌어진다. 당신의 존재를 인정하는 동시에 사랑을 받아들이게 되고, 사랑을 받아 적는 동시에 당신을 받아들이게 되는 불가피한 상황이 나로 하여금 당신과 사랑의 분리 불가능한 지점, 설명할 수 없는 대상을 있는 그대로 수긍하게 하는 것이다.

결정적으로 다른 점은 호명의 방향에 있다. 당신은 사랑을 말하지만, 나는 당신을 부른다. 내가 당신을 불러서 사랑이 생겨나는 이치라고 할 수도 있을 것이다. 나의 부름에 따라서 당신은 나타나기도 하고("당신은 생겨나는 물건이다",「질문」) 사라지기도 한다("당신이 사라졌다",「붉고 흐리고 빠른」). 당신은 이미 존재하는 상대가 아니라, 내가 호명하는 순간에 생겨나는 존재인 것이다.

풍경은 마음에 내부가 있다는 증거

결론을 대신해서 유희경의 시가 그리는 세계의 풍경에 관해 이야기하고 싶다. 이 풍경은 너무나도 익숙한 동시에 지극히 낯설다. 유희경의 시는 한 번 읽었을 때 편편이 모두 한 폭의 풍경화 혹은 세속화로 바꾸어 그릴 수 있을 듯, 하나의 선명한 장면들로 읽을 수 있을 듯하다. 하지만 여러 번 반복해 읽으면 그러한 번역 작업이 거의 불가능하다는 것을 깨닫게 된다. 그의 시가 처음에는 묘사로, 다음에는 진술로 독자를 강하게 사로잡기 때문이기도 하지만 그에 앞서 그가 이 세계를 너무도 지극하게 바라보고 듣고 맡고 느끼며 그 내용을 모국어 문장으로 옮겨놓기 위해 애썼기 때문일 것이다. 이로써 그가 공들여서 묘사하는 어떤 장면도 예외 없이 하나의 풍경속에 "겹겹의 시간이 있다는 것"(「겹겹, 겹겹의」)을 보여준다. 다음의 장면들을 보자.

수십 겹 덧대진 것들의 운명처럼 이런 아침은 반복된다
투명의 속으로 누가 손을 밀어 넣고 있다

—「아침」 부분

느리게 공원처럼 느리게 우산을 쓰고 가는 사람과 우산
을 쓰고 가지 않는 사람과 우산이 없는 사람과 우산을 펴
지 않는 사람의 공원처럼

—「겹겹, 겹겹의」 부분

절룩거리며 지나가는 사내를 보았다 오후처럼 그는 흐
리고 느렸다 그의 뒷모습은 그치지 않고 곧 인파 속으로
사라졌다 이 여름이 끝나지 않을 것만 같아서 손으로 이마
를 가려보지만 그늘은 생기다가 사라지고 끝나지 않는 그
런 여름이 어디에도 없다는 것을 이제는 안다

—「장마」 부분

이 풍경들은 공통적으로 온전히 해석되지 않은, 이해
되지 못한 장면들이 겹겹이 쌓여서 이뤄진다. 이것이 유
희경의 세번째 시집이 그려 보여주는 세계다. "문득 모
두 거기에 있고,/외마디만큼만 멈춰 있"는 이 세계를 구
성하는 것은 "오지 않는 누군가" "낯선 어휘" "지친 외
국인" "힘없는 음모"(「우리에게 잠시, 신이었던 것들」) 같

은 것들이다. 이 세계는 일상적이라 부름 직한 삶과는
대척하는 또 다른 삶을 이룬다. 일상적인 삶에 명백하게
기입되지 못한 것들, 하지만 일상의 내부에서 너무나도
분명하게 마주치게 되는 것들이 시인으로 하여금 거듭
시의 세계를 상상하도록 하기 때문이다.

　이런 장면을 기억하자. "늦여름 나무 그늘 아래 두 사
람이 있었어"로 시작하는 시에서 다정하게 도시락을 나
누어 먹던 그들 중 하나가 갑자기 자리에서 일어나 소리
를 지르고 나머지 한 사람은 울어버렸고 그 다정과 소란
이 모두 지나간 자리, "개연과 부연이 사라진 늦여름 나
무 그늘 아래는 침묵만 있었어"로 이어지고 펼쳐지는 장
면을 말이다. 말하고 보면 이 세계에는 작은 새들이 앉
아 있다 떠나버린 나뭇가지가 살짝 흔들리듯 작은 다정
과 소란만이 있었을 뿐인데 그것을 내내 바라본 화자
의 세계는 소심하고도 급작스러운("조금 부끄럽게 그런
데 느닷없이", 「농담」) 변화를 경험하게 되기도 한다. 그
자리를 채우던 사람들과 목소리와 체온과 격앙된 감정
들은 이제 와 감쪽같이 사라졌지만, 아무 일도 일어나지
않은 게 아니라는 것을 증명하지 않고 증명하는 문장들
이 유희경 시 특유의 풍경을 그려낸다. 이때 풍경은 앞
서 본, 유희경 시의 핵심어들을 모두 함축하는 하나의
단어가 된다. 내가 없는 그 풍경에서 나는 분명히 어떤
것을 보고 듣고 느꼈으나, 그 모든 사실이 지워진 지금

에 와서야 나는 어떤 사건을 말하게 된다. 그것이 유희경 시의 이야기의 시작이자, 이야기의 주인인 내가 당신을 호명하는 시간이다. 개연도 부연도 없는, 침묵과 부동의 풍경 속에서 어떤 감정을 느끼는 이유는 그 풍경에서 겹겹이 쌓인 시간을 내가 보았기 때문이고, 그중에는 나와 당신이 함께한 시간도 있기 때문이다.

이렇게 유희경의 시는 이 세계의 다른 면을 그리는 또 하나의 방법을 발견해낸다. 이것은 현실과는 무관한 세계에 대한 상상이 아니다. 시가 현실의 한 풍경을 새로운 방법으로 풀어낼 때, 그 일은 이 세계의 새로운 가능성을 발굴하는 작업이 되기도 하기 때문이다. 누군가의 표정, 지나가는 말투, 그 순간 불어온 바람의 방향 같은 것이 만들어내는 사소한 장면까지 심혈을 기울여 되새겨보는 일은 쉽지 않다. 그 일을 거듭 적확한 말로 들려주기란 더욱더 쉽지 않다. 그럼에도 그렇게 하려는 자의 고투가 거듭될 때, 결코 맺어지지 않고 시작되기만 하는 이야기가 씌어질 때 우리는 이 세계에 시가 필요한 이유를 계속해서 생각해보게 되는 것이다. ▨